Achter Verlag, Weinheim
www.achter-verlag.de
ISBN978-3-948028-31-2
Druck: bookpress.eu

Edition 8 Geschichten

Die Würde des Menschen ist unantastbar

Achter Verlag

Inhalt

Vorwort

Zum zweiten Mal hat der Achter Verlag zusammen mit dem Literaturfestival Weinheim e. V. einen Schreibwettbewerb ausgeschrieben. Das Thema im Hintergrund war „Literatur und Demokratie“, aber klingt das nicht ein bisschen zu profan, zu bürokratisch? Wir haben uns deshalb für das Thema „Die Würde des Menschen ist unantastbar“ entschlossen und verbanden damit die Hoffnung, eine große Vielfalt an Geschichten zu bekommen.

Wir wurden nicht enttäuscht. Die Anzahl der Einsendungen war hoch, die Bandbreite groß und die Qualität erfreulich. Doch bekanntlich hat alles zwei Seiten: Viele Geschichten auf hohem Niveau bedeutet nicht nur viel Arbeit für die Jury, es birgt auch einen Kern der Ungerechtigkeit in sich. Denn am Ende müssen Entscheidungen getroffen werden und die ein oder andere gute Geschichte kommt nicht in die engere Auswahl. Beim Abfahrtsski oder beim Hundertmeterlauf liegt der Unterschied zwischen Sieg und Platz oft an hundertstel oder tausendstel Sekunden. Bei uns waren die Unterschiede oft ähnlich gering.

Aber wir haben Entscheidungen getroffen und sind uns natürlich sicher, dass wir die besten Geschichten ausgewählt haben. Zum Beispiel die von Felicitas Reinbacher. Sie behandelt das Thema gleich auf mehreren Ebenen und mit dem Blick eines jungen Menschen. Oder Katharina Stegemann: Ihr Thema ist Flucht und Migration und wer jetzt denkt, dazu sei in Zusammenhang mit der Würde des Menschen schon alles gesagt, wird eines Besseren belehrt. Ulrike Eggers schreibt über Alter, Enttäuschungen und den Mut weiterzumachen. Ich wünsche Ihnen viel Spaß beim Lesen.

Weinheim, 24. 8. 2024

Wolfgang Orians
Achter Verlag

Unantastbar

Von Felicitas Fiora Mari Reinbacher

<u>Montag, 30.09, 15:10 Uhr, Lisi</u>

„Na Lisi, wie wars in der Schule?" – Wow. Wenn es das ist, was Mama meinte, als sie gesagt hat, Adrian freue sich schon darauf, mich endlich besser kennenzulernen, hat sie ja wirklich ins Schwarze getroffen. Wie 08/15 kann ein Mensch denn sein? Er sitzt da, vor seinem Kaffee, eine Zeitung in der Hand - wer liest heute noch Zeitungen in Papierform? - und sein Mund lächelt mich groß und dämlich an.

Aber er soll sich nichts einbilden. Wenn er gerne diese absolut oberflächliche Unterhaltung durchziehen will: Bitte! Die kann er haben. „Gut", sage ich und hole das Handy aus meiner Hosentasche. Dafür ernte ich von Mama einen Tritt auf den Fuß.

„Schön." Falls Adrian sich auch an meiner Handy-Aktion gestört hat, lässt er es sich zumindest nicht anmerken. Stattdessen greift er nach seiner Kuchengabel. Ich spüre, wie Mama neben mir innerlich zu kochen beginnt. Aber was hat sie erwartet? Dass ich ihrem neuen Liebhaber um den Hals falle und wir genauso glücklich in diesem blöden Café sitzen wie eine stinknormale Familie? Eine Familie, in der der Mann nicht weggerannt ist, als er erfahren hat, dass das Kondom gerissen ist? Eine Familie, in der Vater und Mutter sich im Spaß darüber streiten, wer wohl das Lieblingselternteil ist?

„Ihr habt heute eine Politikklausur geschrieben, oder?“ Sehr gut, Mama, das ist doch bestimmt das Lieblingsthema jeder Schülerin: Wie war denn die Klausur?

Ich nicke trotzdem, und Adrian ergreift das Wort: „Greta hat schon von deinem Talent in Sachen Politik geschwärmt. Worum ging es denn?“ Okay, er ist also nicht nur 08/15, sondern auch ein Schmierlappen. „Artikel 1 als wichtigster Grundsatz der Bundesrepublik“ erwidere ich knapp. „Ah, die Würde des Menschen“, sagt Adrian, und ich bin kurz davor, für seine Allgemeinbildung zu applaudieren. „Ein tolles Thema, was hast du geschrieben?“ Ich sehe ein, er muss wirklich Interesse an Mama haben, wenn er sich gerne mit mir über das Grundgesetz unterhalten will. Dann schauen wir doch mal, wie sehr ich dieses Interesse ausreizen kann.

„Es ging um Folter im Rechtsstaat. Die Bundesrepublik nach dem Entführungsfall Jakob von Metzler. Wir mussten unter Berücksichtigung des Verfassungsmodells und des Rechtsstaatsprinzips erklären, warum bei der Verhandlung über diesen Fall das Frankfurter Landgericht das Folterverbot bestätigt hat. Und dann Stellung beziehen, ob wir auch so entschieden hätten, oder ob in Ausnahmesituationen körperliche und psychische Gewalt gegen Tatverdächtige zu rechtfertigen ist.“ So, jetzt ist Herr „Ich-will-alles-von-der-Tochter-meiner-neuen–Freundin-wissen“ hoffentlich erstmal zufriedengestellt.

„Und?“, fragt Adrian und legt seine Zeitung weg. Ich stutze: „Was und?“ „Wie stehst du dazu?“ Das kam jetzt doch unerwartet. Dieser Typ muss wirklich völlig verschossen in Mama sein.

Ich schweige kurz, dann sage ich: „Ich habe abgewogen und geschrieben, dass beide Seiten ihre Berechtigung haben. Natürlich verstehe ich, dass Folter mit der Würde des Menschen nicht vereinbar ist. Aber wenn ich mir vorstelle, mein Kind ist entführt worden, und der Mensch, der sagen kann, wo er es versteckt hat, sitzt im Polizeirevier, wäre mir jedes Mittel recht."

„Aber was, wenn es dann doch nicht der Täter ist?", fragt Adrian.

„Was, wenn er es ist und es auf jede Minute ankommt?", halte ich dagegen.

„Menschen sollten andere Menschen nicht psychisch oder physisch foltern, damit sie etwas Bestimmtes sagen. Stell dir mal vor, du wirst plötzlich misshandelt, weil irgendjemand behauptet hat, du wärst schuldig in einem Fall, von dem du noch nie etwas gehört hast. Mit Gewalt klären nur Primitivlinge ihre Streitigkeiten."

Oh, ein Gutmensch, der daran glaubt, dass man mit freundlichen, sachlichen Diskussionen alles lösen kann. Fast ironisch, wenn er wüsste, wie Mama ihren Fuß bei jedem spitzen Kommentar von mir ein bisschen fester auf meinen stellt.

Als wäre das nicht schon genug, mischt sie sich jetzt auch noch ein: „Ich finde, Adrian hat recht, Gewalt ist niemals eine Lösung. Wir sollten alle mehr miteinander reden. Dann gäbe es auch gar keinen Grund mehr für Gewalt."

Mir reicht es. Ich verabschiede mich auf die Toilette. Mit zwei Menschen, die glauben, sie können die Welt durch schöne Worte retten, an einem Tisch zu sitzen, ist eindeutig zu viel verlangt.

Montag, 07.10, 8:40 Uhr, Lisi

„Aufgabe 3, das Darlegen ihrer eigenen Position hat mir sehr gut gefallen“, sagt Herr Lange und legt meine Klausur auf den Tisch. „Lassen Sie uns über dieses Thema doch nach der Stunde noch ein bisschen sprechen.“ Ich nicke und klappe den Doppelbogen auf: 15 Punkte. Was soll ich sagen? Bin ich überrascht? Nein. Seit einem Jahr haben wir Herrn Lange in Politik und seit einem Jahr habe ich 15 Punkte in Politik. Ich würde behaupten, da besteht ein kausaler Zusammenhang.

„Und?“, fragt Tom und reißt mir den Bogen aus der Hand. „Mann, das ist so unfair, bei der Zusammenfassung habe ich auch noch alle Punkte, aber irgendwas an meiner Stellungnahme hat dem nicht gepasst.“ Der Blick, den Tom Herrn Lange in den Rücken schießt, spricht Bände. Ich nehme Toms Hand. „Trotzdem“, sage ich, „wer hätte gedacht, dass ein Fußballschwachmat wie du jemals Noten im zweistelligen Bereich schreibt?“ „Du kleine…“ sagt Tom und küsst mich.

Herr Lange räuspert sich: „Tom, würden Sie ihre Regungen während meines Unterrichts bitte zügeln?“ Die Klasse lacht. Herr Lange ist zufrieden. Er weiß, dass er uns fest im Griff hat. Obwohl er noch jung ist, hören alle auf sein Kommando. Das könnte allerdings auch an seinem Äußeren liegen. Ich glaube, mindestens 80% der Mädchen und 10% der Jungs haben schon mal von ihm ohne Hemd geträumt. Und der Rest der männlichen Wesen ist zumindest neidisch auf seinen Körper. Sympathisch ist er auch noch. Nur, dass er irgendetwas gegen Tom hat, nervt mich. Denn er ist, zumindest seit wir zusammen sind, einer der Schüler, die sich wirklich am Unterricht beteiligen.

Zum Glück klingelt es, denn ich kann sehen, wie Tom noch etwas erwidern will. Ich schmeiße meine Sachen in den Rucksack und Tom und ich verlassen Hand in Hand den Raum. „Lisi?", höre ich die Stimme von Herrn Lange „Ich wollte doch gerne noch kurz mit Ihnen über Ihre Stellungnahme sprechen." Er tritt vor den Raum und stellt sich uns beiden gegenüber. „Tom, Sie können gerne schon Ihre Pause genießen." Ich lasse Toms Hand los und er geht widerwillig. Allerdings nur drei Meter, bevor er sich demonstrativ gegen einen Spind lehnt.

„Lisi, Sie haben wirklich ein besonderes Talent, was die Politik betrifft." „Danke" sage ich. Mehr Sinnvolles fällt mir nicht ein. „Ich würde Sie gerne darin unterstützen. Was halten Sie davon, wenn ich Ihnen mal ein paar Bücher über Politik und Rechtsstaatlichkeit besorge, und Sie schauen mal, ob Ihnen die Beschäftigung damit auch außerhalb vom Unterricht Spaß macht?" Ich nicke, auch wenn ich ganz bestimmt Besseres zu tun habe. „Schön, wirklich schön. Und falls sonst mal etwas sein sollte, worüber Sie mit jemandem sprechen möchten," – dabei wirft er einen abschätzigen Blick auf Tom – „ich habe immer ein offenes Ohr für Sie."

Dienstag, 08.10., 14:30 Uhr, Adrian

„Der ist aber schwer" sage ich und hieve Lisis Ranzen in mein Auto. „Heute Morgen kam er mir leichter vor." Lisi schweigt. Natürlich.

„Schatz, Adrian spricht mit dir.“ Ich weiß, dass Greta nur helfen will, aber ihre Art erleichtert das Verhältnis zwischen Lisi und mir auch nicht.

„Herr Lange hat mir Bücher über Politik gegeben, weil er mein Talent fördern will.“

Vielleicht habe ich das Schulsystem unterschätzt, wenn plötzlich doch Begabungen erkannt und gefördert werden. „Das ist toll!“, sage ich. Und obwohl Lisi nichts erwidert, sehe ich im Rückspiegel, dass sie ein kleines Lächeln nicht verbergen kann.

Donnerstag, 10.10.,16:00 Uhr, Lisi

Na gut, enttäuschen will ich Herrn Lange ja auch nicht. Er wird mich morgen bestimmt fragen, ob ich schon mal in eines der Bücher reingeschaut habe. Wenigstens kann ich so dem Spielenachmittag mit unserer neuen, ach so perfekten Vater-Mutter-Kind-Familie entgehen. Das erste Buch, das ich aus meinem Rucksack ziehe, heißt „Gehört werden – so bekommen Ihre Worte die Wirkung, die sie verdienen“. Süß, dass Herr Lange meint, was ich sage, sollte wahrgenommen werden. Aus dem Einband fällt ein kleiner Zettel. Darauf steht eine Nummer und darunter: „Melde dich, wenn du reden möchtest. Ich vermisse deine Stimme.“ Ob das wohl eine Liebhaberin von Herrn Lange ist? Vielleicht hat er sich das Buch geliehen? Ich weiß, es geht mich nichts an, denn der Zettel sollte ganz sicher nicht in diesem Buch liegen … Aber meine Neugier ist zu groß, um nicht nach meinem Handy zu greifen und die Nummer abzutippen.

Es klingelt dreimal, dann erklingt ein „Hallo?“ „Hallo“, sage ich leise. „Lisi? Das ist ja schön, dass Sie sich melden. Was gibt es denn?“ „Herr Lange?“, frage ich. Er antwortet: „Ich habe mir schon gedacht, dass es vielleicht ein bisschen viel ist, Sie einfach mit einem Bücherstapel allein zu lassen. Politik aus Büchern lernen ist gar nicht so einfach, was?“ Ich nicke irritiert, was er natürlich nicht sehen kann. Er scheint überhaupt nicht überrascht über meinen Anruf. „Lisi, sind Sie noch dran?“ Wieder nicke ich und sage dann: „Ja.“ Herr Lange spricht weiter: „Ich würde Ihnen gerne helfen, Ihr Talent auszubauen. Zufällig ist die Klasse, die ich heute Nachmittag hätte, auf einem Ausflug. Was halten Sie davon, wenn wir uns in einer Stunde im „Kaffeegeflüster“ treffen?“ „In Ordnung“, sage ich, ohne darüber nachzudenken, dass Tom und ich eigentlich nach einem Geburtstagsgeschenk für seine Mutter schauen wollten. Aber das „Kaffeegeflüster“ ist mein Lieblingscafé und weil ich keine Lust hatte, mit Mama und Adrian zu reden, habe ich beim Mittagessen gesagt, ich hätte noch keinen Hunger und wolle erst Hausaufgaben machen. Dementsprechend hat mein Magen wohl auch schneller geantwortet als mein Gehirn.

Donnerstag, 10.10., 16:27 Uhr, Adrian

Ja, eigentlich wollte ich jetzt Fußball gucken. Aber dass Lisi mich fragt, ob ich sie fahren kann, macht mich irgendwie stolz. Gut, in meiner Vorstellung haben wir dabei miteinander geredet, aber das war vielleicht auch ein bisschen zu viel erwartet.

„Wie lang sind Tom und du eigentlich zusammen?“, frage ich, um das Schweigen zu brechen. „Drei Monate“, sagt Lisi knapp. „Und das ‚Kaffeegeflüster' ist euer Lieblingstreffpunkt?" „Ja, da hat er mich auch gefragt, ob wir zusammenkommen wollen." Na schau mal einer an, das war ja schon ein Satzgefüge aus Haupt- und Nebensatz. Dann zieht sie ihr Handy aus der Hosentasche. Auf ihrem Bildschirm sehe ich, wie sie den WhatsApp-Kontakt zu Tom aufruft. Sie schaut genervt. Ich sehe schmollende Emojis. Ich weiß, dass es mich nichts angeht, aber das ist irgendwie kein typischer Chatverlauf dafür, dass sie sich gleich treffen. Vielleicht haben sie Streit und hoffen, dass die Erinnerung an ihr erstes Date sie wieder zusammenführt? Ich würde gerne fragen. Aber erstens geht es mich nichts an und zweitens müsste ich dann zugeben, dass ich auf ihr Handy geschaut habe. „Ich lass dich dann an der Ampel raus, okay?" „Ja." Ich halte an. „Danke" sagt Lisi. Und dieses kleine „Danke" lässt mein Herz höherschlagen. Ich glaube, das hat sie noch nie zu mir gesagt. Sie will die Tür gerade zu werfen, da rufe ich: „Soll ich dich später abholen?" Sie dreht sich um: „Das wäre lieb. Ich schreibe dir." Dann läuft sie in Richtung „Kaffeegeflüster".

Donnerstag, 10.10., 16:38, Lisi

Obwohl ich Adrian immer noch nicht in meinem Leben haben will, tut es irgendwie weh, ihn angelogen zu haben. Aber es ist gut, dass er da war. Mama hätte sofort gemerkt, dass ich ihr nicht die Wahrheit sage.

„Hi Lisi", ruft Maria von der Kuchentheke aus. Ich mag Maria. Vor zwei Jahren hat sie sich entschlossen, ihren Traum, ein eigenes Café zu eröffnen, zur Realität zu machen. Und man muss neidlos anerkennen: Es ist ein voller Erfolg. „Tom habe ich noch nicht gesehen“, fügt sie an. Maria weiß alles. Über alle Gäste. Denn wer einmal hier war, kommt wieder. Aber dass ich gar nicht auf der Suche nach Tom bin, kann sie natürlich nicht wissen.

„Da sind wir ja zeitgleich angekommen, wie schön“, ertönt eine mir sehr bekannte Stimme von hinten. Ich drehe mich um und schaue in die strahlenden Augen von Herrn Lange. Sofort frage ich mich, warum ich Adrian nicht einfach die Wahrheit gesagt habe. Er hätte sich wahrscheinlich sogar mit mir gefreut, dass ein Lehrer sich für die Talente seiner Schülerinnen und Schüler interessiert. Maria würdigt uns mit einem irritierten Blick, wirft dann aber auch Herrn Lange ihr Maria-Lächeln zu und flötet: „Ich bin sofort für Sie da.“

Wir setzen uns an den Ecktisch. „Danke, dass Sie sich die Zeit für mich nehmen“, bringe ich hervor. „Nein, nein, danke, dass du da bist. So ein hübsches Mädchen hat an einem Donnerstagnachmittag bestimmt besseres zu tun, als mit einem alten Lehrer zu schwätzen.“ Er lacht. Natürlich weiß er ganz genau, dass er alles andere als alt ist und die meisten meiner Mitschülerinnen sofort ihren Friseurtermin oder das Tanztraining absagen würden, um eine Stunde mit ihm in einem Café zu verbringen.

Donnerstag, 17.10., 14:30 Uhr, Adrian

„Was ist eigentlich mit Toms Roller?“, fragt Greta. „Wieso?“, entgegnet Lisi. „Naja, warum muss Adrian dich jetzt immer ins Café kutschieren? Tom hat dich doch sonst auch immer abgeholt und zurückgebracht.“ Irgendwie stört mich Gretas Gefrage. Endlich verbringt Lisi freiwillig Zeit mit mir. Auch, wenn es immer nur die zehn Minuten zum Café sind. „Ach so, der Roller…", antwortet Lisi. „Ja, der ist in der Werkstatt. Irgendwas mit dem Unterbau. Längere Geschichte. Apropos, Adrian, kannst du mich so um kurz vor Vier nochmal fahren?" Lisi lächelt mich an. „Klar", ich lächle zurück. „Danke" Sie gibt mir einen Kuss auf die Wange und verschwindet in ihr Zimmer. „Und ihr seid jetzt plötzlich das perfekte Vater-Tochter-Duo, oder wie sehe ich das?" Gretas Stimme ist anzuhören, dass sich hinter dieser Provokation eigentlich Freude versteckt. „Bist du neidisch?", necke ich zurück und ziehe sie näher an mich ran. Kurz frage ich mich, ob Lisi mit Tom genauso glücklich ist. Wenn ich an Greta denke, bekomme ich das Grinsen nicht mehr aus meinem Gesicht. Wenn ich Lisi frage, wie es mit Tom war, ist ein „Schön" jedoch alles, was ich aus ihr herausbekomme. Aber vielleicht bin ich als Stiefvater in spe da auch einfach die falsche Adresse.

Donnerstag, 17.10., 16:00 Uhr, Lisi

Ich schlendere langsam in Richtung „Kaffeegeflüster", bis ich sehe, wie Adrian wendet und die Rücklichter seines Wagens hinter der nächsten Ampel verschwinden. Dann drehe ich um und laufe in die entgegengesetzte Richtung. Die Wohnung von Hendrik liegt nicht weit vom Café entfernt. Drei Minuten zu Fuß. Ich mag seine Wohnung. Sie ist klein, aber sehr ordentlich und geschmackvoll eingerichtet. Anfangs fand ich es seltsam, einfach bei einem Lehrer vor der Haustür zu stehen. Auch, dass ich ihn plötzlich duzen sollte, hat sich erstmal seltsam angefühlt. Aber inzwischen freue ich mich auf unsere Treffen. Irgendwie sind wir auf einer Wellenlänge. Ich kann mit ihm sogar über Tom reden. Darüber, dass mich seine Vorwürfe, wir würden nicht genug Zeit miteinander verbringen, nerven. Als hätte ich nicht das Recht auf ein bisschen Privatsphäre. Wir sind ja nicht verheiratet. Die Gespräche mit Hendrik sind ganz anders als die mit Tom. Als könnten wir die ganze Welt analysieren - Ich hätte niemals gedacht, dass Diskussionen über das Grundgesetz so viel Spaß machen können. Als mein Finger sich in Richtung Klingel bewegt, höre ich den Summer. Er hat also schon am Fenster gewartet. Von dieser Aufmerksamkeit könnte Tom sich ruhig eine Scheibe abschneiden. Ich gehe in den zweiten Stock. Hendrik steht in der Tür und lächelt mich an. Als ich nähertrete, nimmt er mich in den Arm. Er riecht gut. Das ist mir die letzten Male schon aufgefallen. Sein Parfum wirkt edel. Nicht so ein billiges Zeug, wie das, womit die Jungs aus meinem Kurs - leider auch Tom - sich einnebeln. Eine Mischung aus Sport und Tankstelle. „Komm rein", sagt Hendrik. „Ich bin noch nicht zum Kochen gekommen, aber ich dachte, vielleicht können wir das auch zusammen machen." „Gerne."

Hendrik beginnt, eine Zwiebel zu schneiden, während ich Wasser aufsetze. „Ich habe über das nachgedacht, was du in deiner Klausur geschrieben hast. Und vielleicht hast du Recht. Natürlich, der, der unter Verdacht steht, ist auch ein Mensch. Aber wie hast du so schön geschrieben: „Er wird in seiner Würde durch die Folter nur eingeschränkt, weil er selbst die Würde eines Kindes vollständig missachtet. In einem solchen Fall muss ich dir zustimmen und die Unantastbarkeit muss eingeschränkt werden." Bei dem Wort unantastbar legt er vorsichtig seine Hände an meine Hüfte.

Ich sage: „Ja, das ist, was ich gemeint habe. Auch für die Würde sollte gelten, was immer gilt: Sie ist nur solange unantastbar, wie ich keinen anderen Menschen gefährde."

Ich spüre Hendriks Atem in meinem Nacken: „Aber genug von der Politik. Privat können wir das kleine Wörtchen ‚unantastbar' ja einfach mal vergessen", flüstert er und dreht mich sanft um. Ich schaue ihm jetzt genau in die Augen. Er ist ungefähr einen Kopf größer als ich. Aber dieser Kopf nähert sich jetzt immer mehr meinem. Dann küsst er mich. Er schmeckt ein bisschen süß und ich spüre seine Erfahrung. Der Kuss ist nicht vergleichbar mit dem ersten Kuss zwischen Tom und mir. Damals hatte ich das Gefühl, wir wissen beide nicht so Recht, wohin mit unsren Zungen. Hendrik weiß ganz genau, was er tut, und es fühlt sich gut an.

Freitag, 18.10., 12:25 Uhr, Lisi

Hand in Hand mit Tom laufe ich durch den Flur unserer Schule. Wir haben jetzt eine Freistunde und die Mensa ist unser Ziel. Wir gehen am Aquarium vorbei. Die richtige Bezeichnung wäre Lehrerzimmer, aber dadurch, dass es der Eckraum im Erdgeschoss ist und die Wände aus riesigen Fenstern bestehen, wirkt es, als wären die Menschen, die man mit unserer Bildung beauftragt hat, Fische hinter Glasscheiben – ein Riesen-Aquarium eben. In dem Moment öffnet sich eines der Fenster: „Lisi, kommen Sie doch bitte mal kurz." Ruft Hendrik. Dass er mich auf dem Schulgelände siezt, fühlt sich seltsam an, obwohl es natürlich richtig ist. Ich lasse Toms Hand los und laufe zum Fenster. Hendrik lächelt mich an: „Haben Sie Lust, die Pause mal in einem etwas anderen Umfeld zu verbringen?“ Sein Tonfall ist süß. Ich kann nicht anders, als zu nicken. „Tom, kommen Sie ebenfalls hierher, bitte.“ Ich freue mich. Endlich scheint Hendrik auch Tom zu mögen. Vielleicht merkt er, wenn wir gleich beim Essen sind, sogar, dass auch Toms Begabung für Politik nicht zu unterschätzen ist. Hendrik fährt fort: „Leider müssen Sie ihre Freundin für die Freistunde heute entbehren. Ich möchte noch einmal mit ihr über ihre Politik-Klausur sprechen.“ Tom wirft mir einen Blick zu, der zeigt, was er von dieser Idee hält: Nichts. Dann geht er ohne Abschiedskuss allein in Richtung Mensa.

„Wollen Sie auch erst etwas essen?“ fragt Hendrik. Ich schüttle den Kopf. Wenn er sich hier die Zeit für mich nimmt, möchte ich ihn nicht aufhalten. „Dann folgen Sie mir.“ Wir schlendern durch die Flure bis zur Bücherei. „Es hat doch auch sein Gutes, dass die Gleichberechtigung aus Artikel 3 für das Verhältnis zwischen Schülern und Lehrern nicht gilt.“ Hendrik zeigt auf den Zettel an der Tür, auf dem steht, dass die Bücherei seit einer halben Stunde für Schüler geschlossen ist. Ich muss über seinen schlechten Witz lachen. Er dreht den Schlüssel im Schloss. Nachdem wir eingetreten sind, schließt er von innen ab. Die Bücherei ist das Gegenteil vom Aquarium. Kein Fenster, nur Regale und Sofas. Auf eines davon zieht Hendrik mich jetzt sanft. Als er mich küsst, vergesse ich, dass wir in der Schule sind, und auch seine Hand in meinem Nacken ist angenehm warm und weich.

„Es gibt ein Sprichwort“, sagt er, „das passt vielleicht auch auf den Entführungsfall aus der letzten Klausur. Es heißt: „Der Zweck heiligt die Mittel. Hast du das vielleicht gemeint, wenn du sagst, man müsse doch alles tun, um den Jungen zu retten?“

„Ich meine, die Unantastbarkeit der Würde des Menschen findet da ihre Grenze, wo das Leben eines anderen bedroht ist.“

„So, wie es auch richtig war, zu versuchen, Hitler zu töten, weil er ein Massenmörder war?“

„Ja, zum Beispiel.“

„Und was ist mit dem Attentat auf Trump? Wenn man doch sicher sein kann, dass die Welt ohne ihn ein besserer Ort wäre?“

„Ich glaube, das kann man nicht vergleichen“, sage ich. „Trump ist schlimm. Aber kein Hitler.“

„Wer weiß das so genau“, hält Hendrik entgegen.

„Das ist das Problem.“ Ich beiße mir auf die Lippe, stocke kurz. „Und das wird mir gerade klarer. Vielleicht kann man gar nicht so sicher sein. Wir wissen gar nichts genau. Die Polizisten wussten ja auch nicht, ob sie wirklich den Entführer foltern würden.“ Keine Ahnung, warum ich das gerade in diesem Moment verstehe. „Kein Mensch kann ganz genau wissen, was richtig ist.“

„Doch. Ich.“ Sagt Hendrik und lacht. Und dann küsst er mich noch einmal.

Samstag, 19.10., 17:10 Uhr, Adrian

Endlich haben wir es geschafft. Wir sitzen zu dritt vor einem Uno-Spiel. Wie eine richtige Familie. Gut, Lisi hat ihr Handy noch nicht weggelegt. Aber das lässt sich verzeihen. Sie ist ein Teenager und das soll sie auch sein dürfen. „Ich habe gegeben, also darfst du anfangen.“ Sage ich zu ihr. „Mhm“, macht Lisi. „Lisi!“ Gretas Ton ist scharf. Lisi legt ihr Handy genervt zur Seite.

Dann zieht sie eine Karte und legt sie ab. Das Handy neben ihr leuchtet auf. Sie ignoriert es, aber ich merke, dass es ihr schwerfällt. Greta ist am Zug. Wieder zeigt Lisis Handy das Eingehen einer Nachricht. „Wer will denn da so dringend etwas von dir?“, fragt Greta. „Das geht dich überhaupt nichts an“. „Lisi, sei ein bisschen freundlicher zu deiner Mutter.“ Verdammt. Eigentlich wollte ich mich nicht einmischen, aber so eine Reaktion muss einfach nicht sein.

„Tom“, murmelt Lisi in sich hinein und zieht eine Karte. Das Handy klingelt. Greta stöhnt. Lisi schaut von ihren Karten zum Handy und wieder zurück. Dann entscheidet sie sich für den Anrufer. Ich habe Tom noch nie gesehen und ich gönne Lisi ihre Beziehung, aber dass er wichtiger ist als unser Kartenspiel, geht mir auf die Nerven. Lisi hat das Wohnzimmer inzwischen verlassen und ich höre sie leise reden. „Nein Sie, äh, du störst nicht.“ Hat sie ihren Freund gerade gesiezt? Was Hormone nicht alles mit dem Gehirn von Teenagern machen können. „Gerne.“ „18.00 Uhr passt bei mir“, dringt es durch die Tür. Dann kommt Lisi wieder rein.

Samstag 19.10., direkt danach, Lisi

„Adrian?“ ich setze mein freundlichstes Lächeln auf „Kannst du mich gleich nochmal ins Café fahren?“ „Klar“, erwidert Adrian.

Wusste ich es doch. Hat manchmal auch etwas Gutes, wenn der Freund der Mutter um jeden Preis eine positive Beziehung zwischen sich und der Tochter seiner Freundin aufbauen will. „Können wir wenigstens die Runde zu Ende spielen?", fragt Mama. Ich nicke.

Mama gewinnt. Ich bin aber auch nicht aufmerksam. Hendriks Lippen sind mir viel zu präsent. Als ich gestern aufgewacht bin, dachte ich kurz, alles wäre ein Traum gewesen. Aber das Gefühl von seinen Händen an meiner Hüfte und seiner Zunge in meinem Mund war zu real. Es fühlt sich furchtbar falsch an. Vor allem Tom gegenüber. Außerdem ist Hendrik zwar ein junger Lehrer, aber mit seinen 32 doch fast doppelt so alt wie ich. Aber sein Interesse an mir ist echt. Und das wiederum fühlt sich wahnsinnig richtig an.

Samstag, 19.10. 18:00, Lisi

Ich klingle. Die Gegensprechanlage geht an. „Unantastbar" flüstere ich. Das ist unser Codewort geworden. Ein bisschen wie kleine Kinder, die Agenten spielen. Es war Hendriks Idee. „Weil deine Klausur so großartig war", hat er gesagt. Die Tür summt und ich trete ein. Hendrik wartet schon im Flur. Er nimmt meine Hand, zieht mich in seine Wohnung, schließt die Tür mit einem Fußtritt und küsst mich. Es ist intensiver als beim letzten Mal. Seine Hüfte ist näher an meiner. „Greif mich Lisi", befiehlt Hendrik. Ich umarme ihn. „Trau dich", fährt er fort. Plötzlich fühlt es sich falsch an. Ich habe einen Freund und Hendrik sollte für mich Herr Lange heißen und unser privatester Kontakt sollte die Notenbesprechung sein. Auf jeden Fall kein Treffen in seiner Wohnung. „Hendrik ich kann das nicht." „Natürlich kannst du, du musst es nur wollen." Ich weiß, dass das nicht stimmt.

Er nimmt meine Hand und küsst sie. „Du bist einfach so wunderbar. Versteh doch." Ich entspanne mich ein bisschen.

„So hübsch, so schlau." Die Komplimente tun mir gut. Deshalb lasse ich auch seine nächsten Küsse zu, obwohl ich ganz tief in mir weiß, dass ich Adrian anrufen sollte, um mich abzuholen. Sofort.

Samstag, 19.10., 22:28 Uhr, Adrian

„Hat sie dir gesagt, ob sie bei Tom schläft?" fragt Greta. „Nein, nur, dass sie sich meldet, wenn ich sie abholen soll."

Ich schließe Greta in meine Arme und in diesem Moment nervt mich die Unzuverlässigkeit ihrer Tochter. Greta und ich könnten gerade ganz andere Dinge tun. Aber nein, ich muss darauf achten, wann mein Handy mir zu verstehen gibt, dass die kleine Prinzessin gerne abgeholt werden möchte.

Von draußen hört man ein Motorengeräusch. Ein Schlüssel dreht sich im Schloss. Leise Schritte laufen durch den Flur. Greta ruft: „Lisi?" Die Schritte verstummen, dann ein „Ja?" - „Komm doch nochmal kurz und erzähl von deinem Tag. Adrian und ich würden uns freuen." Naja, ich darf das ja anders sehen, säusle aber ein: „Das wäre schön".

„Ich komme gleich", ruft Lisi. Die Badezimmertür schließt sich. Ich höre den Wasserhahn. Ist da auch ein Schluchzen? Nein, das habe ich mir bestimmt nur eingebildet. Das Wasser geht aus. Dann öffnet sich die Tür und Lisis läuft zu uns ins Wohnzimmer. Sie hat sich abgeschminkt, aber unter ihren geröteten Augen hängen Wimperntuschereste. „Na mein Schatz, wie war dein Tag?“ fragt Greta. „Super.“ Sehr glaubwürdig bei dem Aussehen, Lisi. Ich frage mich, ob Greta es nicht merkt, oder nur nichts sagt, um Streit zu vermeiden.

„In der Schule auch alles gut?“, frage ich, obwohl ich weiß, dass das dumm und klischeehaft ist, aber vielleicht hat ja jemand etwas Blödes gesagt und sie damit zum Weinen gebracht. Ich weiß noch zu gut, wie verletzend Teenager sein können. Doch Lisi nickt nur. „Alles bestens.“

Greta versucht, das Gespräch am Laufen zu halten: „Und, durftest du deinen Politik-Aufsatz vorlesen?“ Lisi nickt wieder. „Herr Lange fand ihn toll, hat mir 15 Punkte für die Stunde eingetragen.“ „Das ist super. Ich bin stolz auf dich. Setz dich doch zu uns“, schlage ich vor. „Ich bin müde.“ Lisi verlässt das Wohnzimmer.

Sonntag, 20.10., 01:44, Adrian

Ich wache auf, weil ich mir nicht sicher bin, ob ich den Herd ausgeschaltet habe. – Natürlich habe ich das. Aus Lisis Zimmer höre ich leise Geräusche. Ich klopfe vorsichtig. Auf der anderen Seite wird es stumm. „Lisi?“, frage ich. „Was willst du?“, kommt es von der anderen Seite der Tür. „Kann ich reinkommen?“ - „Wenn es sein muss.“ Ich betrete Lisis Zimmer. Sie liegt in ihrem Bett mit dem Handy in der Hand. Das Aufleuchten im Stakkatotakt signalisiert mir, dass sie wohl in einen sehr aktiven Chat verwickelt ist. „Ich wollte nur fragen, ob wirklich alles in Ordnung ist.“ Lisi schaut nicht einmal hoch: „Klar.“ Wieder leuchtet ihr Handy auf und ich sehe, wie sie kurz zusammenzuckt. Ich will wissen, wer ihr um diese Zeit schreibt, aber Lisi hält unser Gespräch wohl für beendet, also verlasse ich ihr Zimmer wieder.

Sonntag, 20.10., 1:49, Lisi

Wäre Adrian doch dageblieben. Ich hätte nie gedacht, dass ich mir mal wünschen würde, mit ihm zu sprechen oder einfach von ihm in den Arm genommen zu werden. Egal. Irgendetwas, was mich davon abgehalten hätte, dieses Bild zu öffnen. Denn haben wollte ich es ganz bestimmt nicht. Die meisten Mädchen in meiner Klasse und vielleicht auch ein paar Jungs wären bestimmt angeturnt. Hendrik ist eben unglaublich attraktiv. Er hat den Körper eines Playboy-Cover-Models. Diesen Körper jetzt ohne Hemd und ausgewaschene Jeans zu sehen, ist trotzdem befremdlich. Es ist ungefähr die zwanzigste Nachricht in den letzten fünf Minuten gewesen. Die ersten waren alle nach dem Motto: „Tut mir leid, ich wollte dich nicht überfordern.“ Dann ging es in die Richtung: „Du bist das schönste Mädchen, dass ich je gesehen habe.“ Und jetzt dieses Bild mit dem Untertitel: „Unantastbar?“ Er weiß genau, dass sein Interesse mir schmeichelt. Bevor ich es ändern kann, tippen meine Finger: „Für mich zum Glück nicht.“

Mittwoch, 23.10., 20:15, Adrian

Greta und ich sitzen vor dem Fernseher. Weil Lisi unser „Familienkochen“ heute Abend mit der Begründung, sie wolle zu Tom, abgesagt hat, haben wir uns entschlossen, Pizza zu bestellen und eine alte Liebeskomödie zu schauen. Aber viel vom Film bekommen wir sowieso nicht mit. Der Fokus liegt dann doch eher auf der Weiterentwicklung unserer eigenen Love-Story. Bis es klingelt. Genervt beenden wir unseren Kuss und rücken ein Stück voneinander ab. „Ich will nicht zur Tür gehen“, sagt Greta. „Ich auch nicht“, lache ich. Sie zieht mich zurück zu sich und wir küssen uns weiter. Es klingelt wieder. Greta stöhnt. Aber leider ist es nicht mehr die Art von Stöhnen, die eben noch den Raum erfüllte. „Ich geh schon“, opfere ich mich und ziehe schnell meine Hose wieder an. Es klingelt nochmal. „Ich komme ja schon!“ rufe ich.

Vor der Tür steht ein Junge. Er muss ungefähr in Lisis Alter sein. „Hi“, begrüße ich ihn. Dann spüre ich, wie Greta hinter mir auftaucht. „Oh, hi Tom“, sagt Greta. „Was machst du denn hier?“

„Ist Lisi da?“, fragt der Junge, der dann wohl der Freund sein muss, den ich bisher nur von Lisis kurzen Erzählungen im Auto kenne, mit dem sie gerade unterwegs ist. Warte, was?

„Hast du sie nicht vor einer Stunde in die Stadt gefahren?“, fragt Greta mich. „Ja, sie meinte ihr Freund hätte sie …“, ich drehe mich zu Tom, „… also, du hättest sie zu einem Date beim Italiener eingeladen.“ Während ich das sage, wird mir endgültig klar, dass hier etwas gar keinen Sinn ergibt.

„Wie bitte?“ Greta und Tom sind sich da wohl auch einig. „Das heißt, ihr habt euch gar nicht am Restaurant getroffen?“ „Nein, schön wär‘s, wenn sie mal eine Stunde für mich hätte“, seufzt Tom.

Ich spüre, wie mir heiß und kalt wird. „Scheiße, verdammt. Hast du eine Ahnung, wo sie wirklich sein könnte?"

„Hat sie dir irgendwas geschrieben?“, fragt Greta Tom, oder mich, oder uns beide. Ich höre an ihrem Tonfall, wie nervös sie plötzlich ist. Ich schüttle den Kopf.

„Nein, aber weil ich sie eigentlich jeden Mittwoch hier abhole und wir zusammen ein bisschen rumfahren und uns dann irgendwo was zu essen holen, dachte ich mir, ich komm einfach vorbei.“ „Mit deinem Roller?“ Mir wird klar, warum Greta das wissen will. „Ja, wie immer“, erwidert Tom. „Seit wann ist der denn aus der Werkstatt zurück?“, setze ich Gretas Gedankengang fort, in der Hoffnung, dass es doch noch für Alles eine logische Erklärung gibt. „Welche Werkstatt?“, Toms Gesichtsfarbe kommt mir deutlich heller vor als noch vor ein paar Minuten. „An meinen Roller würde ich niemals fremde Hände dranlassen.“

Mittwoch, 23.10., zur selben Zeit, Lisi

Es tut weh. Er ist hart und zu groß, um in mich reinzupassen. Ich will es nicht. „Oh Lisi“, stöhnt Hendrik. Ich weine. Aber ich glaube, er merkt es nicht. Falls er es doch merkt, ist es ihm egal. Es ist mein erstes Mal. Tom hat immer akzeptiert, dass ich es noch nicht will.

Als Hendrik von einem gemütlichen Abend zu zweit gesprochen hat, dachte ich, dass wir vielleicht nach dem Essen ein bisschen reden. So wie bei unseren ersten Treffen. Und wenn es über den ersten Artikel des Grundgesetzes wäre. Diese Zeit mit ihm war schön. Endlich war da ein Erwachsener, der wissen will, was ich zu sagen habe.

Warum gelten hier andere Regeln? Wo ist der Hendrik, der gebannt an meinen Lippen hängt, wenn ich über meine Meinung zu Folter im Rechtsstaat rede?

„Du bist die klügste Schülerin, die mir je begegnet ist“, flüstert Hendrik jetzt in meine Haare. Da ist es wieder. Das Gefühl, dass wir intellektuell auf einer Wellenlänge sind, dass er mich versteht. Dann legen sich seine Lippen auf meine. Aber es ist anders als beim ersten Mal. Und auch anders als bei den Malen danach. Es ist überhaupt nicht mehr zart, sondern fordernd und es geht immer weiter, weiter und weiter…

Mittwoch, 23.10, 10 Minuten später, Adrian

Greta versucht, seit wir losgefahren sind, Lisi zu erreichen. Tom sitzt schweigend auf der Rückbank. Ich glaube, keiner von uns weiß, wohin wir fahren, aber irgendetwas muss man doch tun. Und zwar schnell. Lisi kann zwar eine pubertierende Zicke sein, aber sich einfach nicht mehr zu melden, passt nicht zu ihr. „Ist dir denn irgendwas aufgefallen, bei euren letzten Treffen? Habt ihr gestritten und sie ist deshalb vielleicht bei einer Freundin, damit du sie nicht findest?“ Gretas Stimme zittert. Sie versucht, sie zu kontrollieren, aber es klappt nicht. „Nein, da hatten wir ja gar keine Gelegenheit zu. Seit sie dauernd mit euch irgendwelchen Familienkram macht, sehen wir uns ja nur noch in der Schule.“

„Familienkram?“, frage ich irritiert.

„Tschuldigung, ich wollte das nicht kritisieren. Ich verstehe ja, dass ihr versucht, euch aneinander zu gewöhnen. Ich vermisse es halt, mit ihr allein zu sein. Scheiße, Mann. Ich hätte wissen müssen, dass etwas nicht stimmt. Sie war es doch sonst, die sauer war, wenn ich mal einen Tag keine Zeit für sie hatte. Ich hätte es einfach wissen müssen."

„Aber ich habe sie doch fast jeden Tag ins Café gebracht, weil sie mit dir …" Ich stocke. Beginne zu begreifen. Tom fällt mir ins Wort: „Hä? Unsere Café-Treffen blockt sie seit zwei Wochen wegen eurem gemeinsamen Kochen ab." Greta wirft mir einen Blick zu, der Bände spricht. „Wartet mal..." Und auch bei Tom scheint der Groschen jetzt gefallen zu sein.

Mittwoch, 23.10., zur selben Zeit, Lisi

Ich will nicht mehr. Mir tut alles weh. Aber Hendrik scheint es zu gefallen. Das zeigt zumindest die Art, wie er meinen Namen säuselt. Ich will ihn wegstoßen und laufen. Egal wohin. Aber das würde alles kaputt machen. Unsere Gespräche, meine Politiknote, das Gefühl, verstanden, sogar bewundert zu werden.

In der Küche höre ich mein Handy klingeln. Das ist bestimmt Tom. Ich habe vergessen, ihm abzusagen. Wäre er doch bei mir. Er würde mich hassen. Zu Recht. Trotzdem wünsche ich mir nichts mehr, als dass er hier wäre. Oder Mama. Oder Adrian. Eigentlich völlig egal, wer.

Hendrik schiebt seine Zunge in meinen Hals. Ich muss fast würgen. Lange halte ich das nicht mehr aus. Es klingelt an der Tür. Ein kurzer Moment der Erleichterung. Bis ich merke, dass Hendrik nicht reagiert. Es klingelt nochmal. Ich will meine Chance nutzen, das hier zu beenden. Vielleicht können wir den Rest des Abends dann ja einfach reden. So wie wir es gemacht haben, als alles noch so schön war. Deshalb frage ich: „Soll ich aufmachen?“ - „Das ist bestimmt nur meine Nachbarin, die ihr Paket abholen will. Das hat Zeit bis morgen. Dieser Moment ist unantastbar, Lisi. Das ist für immer.“ Eigentlich bekomme ich immer eine angenehme Gänsehaut, wenn er das sagt: „unantastbar“. Als würde dieses Wort nur uns gehören. Aber statt dem gewohnten Gefühl hat der Moment für mich eine ganz andere Wirkung.

Ich halte das nicht mehr aus. Als wäre mein Körper sich da ebenfalls sicher, beginne ich zu schreien. Hendrik wird unruhig. Er presst seine Hand auf meinen Mund. Es klopft an der Tür. Hendrik ignoriert es. Ich schreie in seine Hand, doch meine Stimme kommt nicht gegen den Druck an. Mit der anderen Hand umfasst er meinen Arm. Mein Kopf spult Bilder ab, wie im Fiebertraum: Hendrik und ich beim Kochen. Hendrik und ich im Café. Hendrik und ich im Restaurant. Ich höre seine Stimme, wie er mein tiefes Verständnis für Politik lobt. Wie er mir morgens Artikel aufs Handy schickt, damit wir abends darüber philosophieren konnten. Und wie er mir verspricht, dass wir mal zusammen zu einer Verhandlung beim Bundesverfassungsgericht fahren. Dieser Hendrik hat mit dem, der gerade auf mir liegt, nichts gemeinsam.

Ich weine und schreie und kann nicht richtig atmen, wegen seiner verfluchten Hand auf meinem Mund. „Verdammt, Lisi, was soll die Scheiße?“

„Das möchte ich gerne von Ihnen wissen.“ Die Stimme kenne ich. „Adrian!“, schluchze ich. Hendrik springt aus dem Bett. “Was wollen Sie hier? Raus aus meiner Wohnung. Aber ganz schnell.“ Ich schaue zum Türrahmen und sehe Mama, Tom, Adrian und eine Frau, die ich nicht kenne.

Mittwoch, 23.10., derselbe Moment, Adrian

Als wir endlich begriffen hatten, dass Lisi sowohl Tom als auch uns belogen hat, hatte ich gleich kein gutes Gefühl. Aber das hier übertrifft alles. Wie dieser widerliche Typ auf Lisi liegt. Auf unserer Lisi, die niemals auf diese Art berührt werden darf. Der Kerl steht jetzt auf. Sein Körper wirkt noch selbstbewusst, aber sein Gesicht spricht eine ganz andere Sprache. „Es ist nicht, wie es aussieht. Sie wollte es.“, Stammelt er. Mir reicht es. Ich mache drei Schritte und schlage zu. Der Widerling fasst sich an die Nase, die ganz schön zu bluten beginnt. Ich greife Lisis Hand, ziehe sie hoch und gehe mit ihr zur Tür. Dann drehe ich mich noch einmal um und schaue in das rote Gesicht dieses Fatzke. „Das ist es also, was Sie unter Talentförderung verstehen.“

Donnerstag, 24.10., Lisi

Tom und ich sitzen Hand in Hand in einem Café. Mama und Adrian uns gegenüber. Es ist nicht das „Kaffeegeflüster“. Es ist auch nicht ganz so hübsch und der Kuchen ein bisschen trockener. Aber ins „Kaffeegeflüster“ wollte ich nicht. Zu viel Herr Lange. Zu viel sein Geruch an den Wänden. Zu viel, was Maria gesehen hat.

Dabei muss ich ihr dankbar sein. Ohne sie hätten Mama, Tom und Adrian mich wahrscheinlich gar nicht gefunden. Aber die Beschreibung von einem Mann, der deutlich älter ist als ich, dabei sehr attraktiv und zuvorkommend wirkt, hat gereicht, damit Tom alles klar wurde. Ein so ordentlicher Mensch wie Herr Lange hat natürlich auch seinen geordneten Eintrag im Telefonbuch. Inklusive Adresse. Und die Nachbarin wollte zwar gar kein Paket abholen, aber dafür hat sie einen Ersatzschlüssel zum Blumengießen. Als Mama, Tom und Adrian völlig aufgelöst vor ihr standen, hat sie nicht gezögert, sondern einfach aufgeschlossen. Sie war es auch, die die Polizei gerufen hat. Das hätten wir vor Aufregung fast vergessen.

Die Beamten waren viel netter, als ich erwartet hätte. Sie haben Hendrik mitgenommen und eine Polizistin hat mich gefragt, was genau passiert ist. Ich musste dann auch noch zu einer Ärztin – damit Hendrik nicht irgendwann vor Gericht behauptet, ich hätte mir alles nur ausgedacht.

Heute waren Tom und ich „krank". Mamas Idee: Cafébesuch statt Schule. Auch Herr Lange ist laut Vertretungsplan „krank". Nur, dass er wohl auch nach seiner Genesung nicht zurückkommen wird. Bei dem Gedanken, dass er vielleicht gerade von einem hoffentlich groben Arzt seine Nase wieder in die richtige Position gerückt bekommt, muss ich lachen. „Was ist?", fragt Adrian und lächelt mich an. „Nichts. Ich habe mich nur gefragt, was aus deinem Grundsatz, dass Gewalt doch nie eine Lösung sei, geworden ist." Adrian grunzt. „Hat der Mistkerl nicht immer von Menschenwürde und Unantastbarkeit gelabert? Gemeint hat er es offensichtlich nicht. Und die Würde von so einem Schwein geht mir am Arsch vorbei." Jetzt lachen auch Tom und Mama. „Das merke ich mir für meine nächste Klausur", meint Tom. Und als er mich auf die Wange küsst, habe ich das Gefühl, dass mir nichts mehr passieren kann.

Ich habe eine Familie. Ja, sie ist zusammengesetzt, aber sie lieben mich. Und ich habe einen Freund, der zu mir hält. Ich fühle nichts als Dankbarkeit. Denn dieser Moment zeigt mir, dass ich, solange ich diese Menschen in meinem Leben habe, zwar nicht unantastbar, aber trotzdem sicher bin. Und das reicht mir.

fremder

Von Katharina Stegemann

Du tauchst in den Nebel aus Kalékos sprachlichen Bildern. Die Worte sind dir fremd, liegen wie Blei auf deiner Zunge, betäuben deine Muskeln, verstauben deine Kehle. Du kennst schon viele Wörter, hast konjugieren gelernt, bist mottengleich des Nachts durch Texte geflattert und hast sie im Morgenlicht vor dich hin gebrummt, um sie einzufangen und zu präparieren. In der Gemeinschaftsküche hast du mit dem Vokabelheft gesessen, die Wörter betrachtet und auf die Zunge gelegt, im Gaumen herumtanzen lassen und mit zuckersüßem Chai heruntergespült. Bald konntest du Sätze bilden und Fremde nach dem Weg fragen.

Doch Poesie ist mehr als die Gesamtheit ihrer Teile, die Teile mehr als ihre Beschaffenheit und Konsistenz. Zu viele Leerstellen zwischen den Wörtern, zu viele Flügelschläge auf kurzer Distanz.

Im Unterricht habt ihr euch mit dem Leben von Mascha Kaléko beschäftigt. Auch sie musste fliehen, als Kind von Polen nach Deutschland, als Erwachsene über Frankreich bis ins ferne Amerika. Häufig musste sie sich verstecken, lebte in armen Verhältnissen. Ihr Vater war aus politischen Gründen lange im Gefängnis und auch später kaum für sie da. Mascha fühlte sich heimat- und vaterlos. Das Gefühl ist dir nicht fremd.

Ihr sollt das Gedicht „Notizen“[1] lesen, in eure Sprache übersetzen und Bezüge zu eurem Weg nach Deutschland herstellen. Vielleicht rufen manche Worte oder Bilder Erinnerungen bei euch hervor, erklärt eure Lehrerin. Sie ermuntert euch, auf Spurensuche zu gehen.

Die Lehrerin spricht viele Sprachen, ist durch die Welt gereist, hat zwei Jahre als Lehrerin in Ägypten gearbeitet und erzählt dir, dass sie auch einen Persisch-Kurs an der Uni besucht hat. Du erklärst ihr, dass sich das Paschtunische erheblich vom Persischen unterscheidet. Paschto ist eine sehr alte Sprache, hat eine große Nähe zu den altiranischen Sprachen und zeigt sogar indische Elemente. Stolz schlägt dein Paschtunen-Herz.

Es dauert keinen Atemzug, bis die Übersetzung auf deinem Smartphone erscheint. Die vertrauten, fließenden Bewegungen deiner Muttersprache wirken wie Malerei, im Gegensatz zu den geradlinigen, deutschen Buchstaben darüber. Die feinen Schnörkel erinnern dich an den Stolz deiner Eltern, Großeltern, Vorfahren, auf ihre Sprache, ihre Kultur. Du erhebst dein Haupt, streckst dein Rückgrat durch. So überragst du deinen jüngeren Bruder Abdul, der nur wenige Tische weiter im selben Klassenraum sitzt, noch um einige Millimeter. Die Flucht aus eurer Heimat, über Länder, Monate, Jahreszeiten hinweg, hat auch ihn erwachsen werden lassen, dabei ist er erst fünfzehn.

„Meine Kindheit weht zu mir herüber/ fernes Glockengeläut aus dem Nebel.“[2]

---

[1] Kaléko, Mascha: In meinen Träumen läutet es Sturm. München: dtv 1977, S. 65.
[2] Kaléko. 1977. S. 65.

Du erinnerst dich, wie der Wind durch die kleinen Gassen fegte, zwischen den sandfarbenen Häusern hindurch, wie du deinen Reifen mit einem kleinen Stock antriebst und verfolgtest, vorbei an Onkel Ahmad und seinem Esel, vorbei an dem Brunnen bis an den Rand der Siedlung. Die schneebedeckten Bergriesen staunten schweigend über dein Geschick, deine Wendigkeit und deine flinken Füße.

Du erinnerst dich, wie der Geruch der gekochten Speisen zu dir hinüberwehte, dich aus dem Spiel zurücklockte. Ein Tuch lag auf dem Wohnzimmerboden ausgebreitet, in der Mitte das Essen, um das herum sich gesamte Familie versammelte, Eltern, Brüder und Schwestern gemeinsam, worüber manche Nachbarn die Nase rümpften.

Es gab einen kräftigen Bohneneintopf mit Chapati und einen Milchreis zum Nachtisch. Es war ein Festtag. Denn manchmal fehlte es sogar an einfachem Brot.

„Dort ist immer November/ Sehnsucht, Halsweh und Angst.“[1]

Du erinnerst dich, wie der eisige Westwind in dein Gesicht schnitt, du den Geröllberg zu deiner Schule hinaufstiegst, hinter Abdul her, deinen Blick fest auf seinen kleinen Füßen, um, falls sie straucheln, ihn zu halten und zu retten. Im Klassenzimmer erwärmtest du dich an neuen Wörtern und Zahlen, auch hier gab es keine Heizung.

Dankbar warst du für die schützenden Wände und den weichen Teppich, auf dem du mit sparsamen Bleistiftschnörkeln in dein

[1] Kaléko. 1977. S. 65.

kleines Heftchen schriebst. Du wolltest alles verstehen, warst wissbegierig und fleißig, um einmal in die Fußstapfen deines Vaters zu treten, der als Militärarzt arbeitete. Er flickte Herzen und schenkte neues Leben. Im Krankenhaus und im Ort war er ein hochangesehener und ehrbarer Mann.

„Im Keller hausen Gespenster/ Der Kinderverzehrer im Dach.“[1]

Du wurdest in den Krieg hineingeboren, in einen Mantel aus Angst und Schweigen gehüllt. Ein Schatten hinter der Straßenecke, ein anfahrendes Auto oder auch plötzliche Stille konnten Lebensgefahr bedeuten.

Die Taliban zerstörten dein Land, von außen und von innen. Als sie das Krankenhaus stürmten und alle töteten, musstet ihr fliehen, auch vor euren schmerzenden Erinnerungen, musstet leben in einer neuen Wirklichkeit, ohne Vater, Fürsorger und Ernährer.

Zitternd schlichst du zur Schule, da war der Winter längst vorbei. Schlechte Nachrichten flogen wie Geschosse um dein Ohr, zerbombten deine Zuversicht und dein Vertrauen. Doch auch der flehende Blick deiner Mutter konnte dich nicht zu Hause halten. Lernen war dein stiller Kampf, um irgendwann dein Land zurückzuerobern.

„Die Wände der guten Stube/ Mit plüschroten Nein tapeziert“[2]

Die gute Stube wurde zum zugigen Zelt in einem Lager, bot kaum Platz für die Hinterbliebenen und auch keinen Schutz vor der Tyrannei der Barbaren. Zu laut wurde das Knurren deines Magens

---

[1] ebd. S. 65.
[2] Kaléko. 1977. S. 65.

bei Nacht, zu laut wurden die Verbote bei Tag, das plüschrote Nein verlief in blutigen Spuren über Häuserwände.

„*Fernes Glockengeläut durch den Frost/ Dunkel und Flüstern und Fliehen*"[1]

Das ferne Glockengeläut tönte leise bis zu eurem Haus. Ein Cousin hatte es geschafft, erzählte die Tante. So stellte deine Mutter auch Abdul und dich vor die Wahl, links oder rechts, gehen oder bleiben, überall lauerte der Tod.

Niemals wirst du das Bild vergessen, so wie sie dastand, als du dich doch noch einmal umdrehtest, wie zu einer Salzsäule erstarrt, mit deiner jüngsten Schwester auf dem Arm, in ihrer dunklen Tschaderi.

„*Und atmen daß dich keiner hört// Und immer fremdere Nachbarn/ und andere Dialekte*"[2]

Ihr schlosst euch einer anderen Familie an, trugt deren Rucksäcke oder kleine Kinder. Dafür teilten sie ihre Kenntnisse über Preise für Schleuser, Routen, Lager bei Nacht mit euch, boten euch Schutz.

Du hattest nicht darüber nachgedacht, dass ein Fußmarsch über tausende Kilometer dir mehr abverlangt als schmerzende Füße und einen pochenden Schädel.

„*Die alte wobinichdennangst/ Das feindliche Bett im Nirgendwo*"[3]

Ein Teil von dir ging verloren beim Marsch über sandige Steppe, steile Bergkämme, eisige Flüsse, durch fremde Länder mit immer fremderen Dialekten und Sprachen. Die „wobinichdennangst"

[1] ebd. S. 65.
[2] ebd. S. 65.
[3] ebd. S. 65.

nagte still an deiner Hoffnung auf deinem nächtlichen Lager im schwarzen Wald, ungewaschen und hungrig und kalt.

„*Fremder Seifengeruch auf dem Kissen/ So viele Brücken hinter dir verbrannt*"[1]

Die Entscheidung zur Flucht war eine Einbahnstraße, die Brücken zur Heimat längst zerschossen. Am Ende des Weges war euer Geld fast aufgebraucht, die neue Heimat zu sauber für eure schmutzigen Füße. Das erste Mal Seifengeruch auf fremden Kissen, ein Bett in einem Raum mit einer Heizung. Du schliefst auf dem Boden und träumtest von deiner Heimat.

„*Aus ihrer Asche immer wieder die falsche, die neue/ Phönix-Heimat.*"[2]

Dein Bruder blieb viele Wochen in einer anderen Unterkunft, du verstandst nicht, warum. Es gab Vorschriften, Zuständigkeiten, Ämter, Nebel, „die falsche, die neue/ Phönix-Heimat"[3].

„*Ich kann ja schreien. Gott sei Dank.*"[4]

Schreiend erwachtest du am Morgen, Gott sei Dank.

Du lebst und atmest und lernst. In deiner neuen Phönix-Heimat ist der Weg zur Schule sicher, wenngleich auch Blicke töten können. Sie wissen nicht, dass du die Taliban genauso verabscheust wie sie.

„*Fragnichtsoviel/ Die Fenster zu. Die Rolläden bleiben herunter.*"[5]

---

[1] Kaléko. 1977. S. 65.
[2] ebd. S. 65.
[3] ebd. S.65.
[4] ebd. S. 65.
[5] ebd. S. 65.

Seit fast drei Jahren lernst du die fremde Sprache in einer internationalen Klasse. Die Lehrpersonen sind freundlich, sie schlagen euch nicht auf die Finger. Doch seit dem Krieg in der Ukraine wird es enger im Klassenzimmer. Die ukrainischen Jugendlichen bekommen ein Bleiberecht und Kindergeld, durch ihre Adern fließt europäisches Blut. Du kommst von einem anderen Kontinent, hast dunklere Haut, den Bart zwar rasiert, doch glaubst immer noch an den falschen Gott. Du bist fremder als sie. Du bist allenfalls geduldet, doch wie lange noch?

Neidisch blickst du auf Diana, die vor dir sitzt, auf ihre hellen Schultern und ihren langen Hals. Sie trägt ein bauchfreies Shirt und immer Lipgloss.

Die Lehrerin erwischt sie, als sie am Handy durch ihren Newsfeed scrollt, anstatt sich dem Buchstabenrätsel zu widmen. Von der Ermahnung genervt, wendet sie sich wieder Mascha zu.

Du würdest gern wissen, was sie auf ihrem Handy liest, wem sie auf Instagram folgt, was sie liked. Vielleicht tauscht sie auch Nachrichten mit ihrer Familie oder liest von den Gräueltaten der russischen Armee in ihrem Land.

Schließlich döst sie auf ihrem Tisch im Klassenraum ein, überwältigt von der Müdigkeit durchleuchteter Nächte, in denen sie das Handy nicht loslassen konnte. Das Lesen der flackernden News verzerrte all ihre Aufmerksamkeit, bis hin zur völligen Erschöpfung.

Die ersten Monate in Deutschland hattest du kein Handy und keinen Kontakt zu deiner Familie. Sie wussten nicht, ob ihr die Flucht überlebt habt, wie es euch geht. Dann endlich die Gewissheit, das Aufatmen, Gott sei Dank.

Das Handy ist nun nicht mehr wegzudenken, überbrückt Zeit und Raum, ist das Tor zur Vergangenheit und sagt die Zukunft voraus und das Wetter, strukturiert den Tag und reißt dich morgens aus deinen Alpträumen. Im Unterricht ist es dein Lernhelfer und Spielbrett, bei Kahoot und anderen Onlinespielen. Es lindert deine Einsamkeit, wenn deine Mutter dir Nachrichten und Bilder schickt. Manchmal hilft es, Freunde zu finden, die nicht dieselbe Sprache sprechen.

Du hast ein geduldiges Paschtunen-Gemüt, hast Diana nie gedrängt. Im letzten Schuljahr hat sie damit begonnen, die unsichtbaren Mauern zwischen euch einzureißen, dich angelächelt, dich etwas gefragt, dich, den großgewachsenen Jungen mit den kantigen Wangenknochen.

Gestern hat sie dir in der Pause sogar von ihrer Heimat erzählt, unerwartet und ehrlich, als wäre sie ein offenes Buch.

Ihre Eltern wollten ihr Land nicht im Stich lassen, wollten nicht aufgeben. So musste sie mit Vierzehn allein nach Deutschland kommen. Der Vater kämpft nun an der Front, verteidigt seine Freiheit und die seiner Kinder und Kindeskinder.

Immerhin gibt es dort Hoffnung und ein geeintes Land, welches gegen einen Feind von außen kämpft. Es gibt Verbündete, die Waffen senden und Medizin, denkst du im Stillen, doch sagst es nicht. Es fehlen dir nicht nur die deutschen Worte.

Dein Land wurde jahrzehntelang wie eine Beute zwischen den Mächten weitergereicht, gewürgt, gezwungen, umgegraben, neu bepflanzt, gegossen und am Ende doch aufgegeben. Die Besatzer begruben endgültig die Hoffnung und flüchteten vor der Unbezwingbarkeit des Terrors. Manche Menschen fürchteten sich so sehr vor der radikalen islamischen Miliz, dass sie sich an die Räder der letzten Flugzeuge hängten.

Was euch verbindet, ist die Angst. Ein toter Mensch ist ein toter Mensch.

Dianas Mutter und ihr kleiner Bruder beten jeden Abend dafür, dass der Krieg bald ein Ende findet. Sie sind in ihrem Dorf geblieben, kümmern sich um die Großeltern und die Pferde, warten auf die Rückkehr des Vaters.

Doch Diana erinnert sich auch an die Morgensonne auf dem Feld vor ihrem Haus, deren frischgewaschenes Licht sich in den Spinnennetzen verliert.

„Der Himmel frischgewaschen und weit/ Eine Blausilbermurmel aus Glas“[1]

Sie beschreibt ihr Zuhause mit vielen Feinheiten, soweit ihre deutschen Wörter sie tragen. Manches muss sie mit dem Handy übersetzen.

Im Klassenzimmer betrachtest du ihren schlummernden Körper vor dir, gleitest hinab bis zu ihren nackten Füßen, die mit den Flipflops spielen, gleitest tiefer in einen Tagtraum. Diana reitet auf einem großen, braunen Pferd. Die Beine fest um den bebenden Körper geschlungen, galoppiert sie an einem Fluss entlang. Ihr Körper hebt und senkt sich in fließenden Bewegungen, die Erde staubt.

[1] Kaléko. 1977. S. 65.

Tier und Mensch sind verbunden, steigender Puls, schnelle Atmung und Hitze. Dann bleiben sie auf einem Hügel stehen, Diana blickt auf dich hinab.

Dein Blick auf ihren Nacken wird heiß wie ein Brennglas. Als sie sich plötzlich aufrichtet und sich zu dir umdreht, in deine schwarzen Augen schaut, verlierst du wieder deine Worte, Hitze steigt in dein Gesicht. Sie neckt dich in ihrer Sprache und lacht. Dann lehnt sie ihren Kopf an ihre Freundin Elisa, drückt ihn sanft in ihre Mulde zwischen Schulter und Kopf, und streichelt dabei zärtlich ihren Arm.

Du fragst dich, ob sie das absichtlich macht, um dich zu irritieren. Und niemand sagt etwas. Sie machen das ständig, tauschen hauchzarte Blicke und Berührungen, als wären sie allein und nicht in der ersten Reihe im Klassenraum.

In deinem Land, wo selbst Gesang verboten ist, könnten sie dafür gefoltert, gar hingerichtet werden. Doch in deinem Land gehen Mädchen nicht zu Schule. Sie bleiben zuhause und verhüllen ihre weiblichen Körper, Gedanken und Wünsche. In deinem Land sollen Mädchen geschützt werden, vor Männern, die nicht ihre Brüder und Väter und Ehemänner sind, sondern Söhne anderer Mütter. Du fragst dich, ob das besser ist.

Deine jüngere Schwester Ayla ist die Klügste der ganzen Familie, sie konnte vor dir rechnen, als sie noch nicht in der Schule war. Sie geht den Dingen auf den Grund, hat euer Radiogerät repariert, obwohl Musik längst verboten ist. Sie hat sogar eine Wasserleitung mit Sprinkler für das Gemüse hinter dem Haus ertüftelt. Bis zur sechsten Klasse ließen die Taliban sie in einer reinen Mädchenklasse lernen. Den älteren Mädchen verbieten sie das Lernen und Studieren. Am Herd brauchen Frauen keine mathematischen Gleichungen. Doch, wer wird die Häuser planen, die Kranken heilen, neue Technologien entwickeln, wenn sie unsichtbar sind, fragst du dich.

Ayla lernt in Todesangst an einem geheimen Ort, wo eine unbeugsame, kluge Verwandte sie trotz der Verbote unterrichtet. Der unbedingte Glaube daran, dass sich alles irgendwann ändern wird, nein ändern muss, treibt sie dorthin.

In Deutschland würde sie vielleicht Ingenieurin werden. Doch die Flucht fürchtet sie mehr als die Hinrichtung. Fleischfressende Monster lauern auf junge Mädchen, sie zu zerreißen und zu verschlingen. Nur die Stärksten sind der ungeheuren Distanz, die sie vor der Freiheit trennt, gewachsen. Oder die, die nichts mehr zu verlieren haben.

Du betrachtest das Bild von Mascha Kaléko auf deinem Arbeitsblatt, ihr Blick wirkt trotzig, nein, stark. Sie hat einen kurzen, dunklen Lockenkopf und feingeschminkte Lippen. Ihre jüdische Familie ist den Nazis gerade noch entkommen, bevor sie Juden, Fahrende, geistig Behinderte und Andersdenkende in den Konzentrationslagern systematisch ermordeten.

Du erinnerst dich, wie du in deinem Zeltlager einen Juden kennengelernt hast, er fürchtete sich noch mehr als du. Er musste sich auch verkleiden und schweigen. Du weißt nicht, ob er es überlebt hat.

Mit großer Inbrunst wird in deinem Land nicht nur gegen Juden, sondern auch gegen Israel, gegen westliche Verbündete, besonders Amerika, gewettert.

Dein Vater, der auch im Westen studierte, sah dahinter die Angst der Männer, sich der Zukunft zu öffnen, sich zu einem freieren Land zu entwickeln, in der auch Frauen mitbestimmen dürfen. Dein Vater hat euch Achtung vor eurer Mutter gelehrt, vor ihren Worten, ihrem Wesen, ihrem Handeln.

Du trägst den Glauben deines Vaters, deiner Schwester an ein freies Land in deinem Herzen, in deinem Kopf und deinen Muskeln. Fünfzig Liegestütze schaffst du schon, mit zusammengebissenen Zähnen. Für deine Familie willst du ein Kämpfer sein. Sie sollen stolz auf dich sein.

Nicht alle Kämpfe sind laut. Auf ihrem Platz in der hintersten Ecke des Klassenzimmers arbeitet Aynur unauffällig und gewissenhaft. Sie hat immer ihre Hausaufgaben, aber meldet sich nie.

Manchmal zuckt sie grundlos zusammen. Eine Schwester von ihr soll erzählt haben, dass sie aus den Klauen der IS gerettet wurden. Nie hat Aynur darüber gesprochen, was sie als Jesidin im Nordirak erlebt hat. In den Pausen bleibt sie auf ihrem Platz sitzen. Ihr Blick ist meist glasig und leer, ihre Angst für jeden spürbar.

Dann öffnet sich die Klassentür. Nouel tritt hinein und entschuldigt sich bei der Lehrerin für seine Verspätung. Sein weicher französischer Akzent klingt wie ein Wiegenlied, welches abends durch die Bäume säuselt. Er hat volle Lippen, ein einnehmendes Lächeln und kleine Grübchen, sehr dunkle Haut und ist gut gebaut. Sicherlich schafft er mehr als 50 Liegestütze, denkst du.

Nouel ist erst vor einem Jahr in die Klasse gekommen. Er schlich wie ein Gespenst über den Schulhof, den Blick stets gesenkt. Da sprach er noch kein Wort Deutsch. Wenige Monate später hatte er aufgeholt und sprach besser als viele andere. Für Abdul und dich wurde er bald ein Freund. Doch nach der Schule hatte er keine Zeit, er musste lernen oder seinem Vater helfen, ihn auf Ämter oder zum Arzt begleiten, für ihn übersetzen.

Im Kongo arbeitete sein Vater als Geschäftsleiter eines Supermarktes und verdiente mehr als seine Nachbarn und Verwandte. Er hielt die Fäden seines Netzwerkes zusammen.

Hier in Deutschland fühlt er sich wie ein leeres Blatt. Seine Ausbildung, seine Erfahrungen sind nichts wert. Sein Deutsch reicht nicht aus, um im Supermarkt nach einem Produkt zu fragen. Er schämt sich. Auch, weil er kaum Geld in die Heimat schicken kann. Seine Verwandten malen sich aus, wie er im teuren Auto durch die sauberen Straßen fährt. Doch das Geld, das sie vom Amt bekommen, reicht kaum für die Kleidung auf dem Flohmarkt. Die Untätigkeit macht ihn aggressiv und ungerecht, ein gefährliches Pulverfass. Nouel fürchtet sich beim Öffnen der Asylheimtür. Es zischt und schäumt aus seinem Mund, wenn er Nouel als Versager bezeichnet. Die Erinnerung an das letzte gemeinsame Lachen versinkt im Nebel. Nouel vermisst seine Heimat. Dort war sein Vater ein anderer Mensch.

Nouel schlendert nach hinten zu seinem Platz, neben deinen Bruder. Das Sonnenlicht schneidet ein Loch durch die Wolken und spiegelt goldene Reflexionen auf seine Haut, die samtig schimmern.

Dein Bruder begrüßt ihn mit sonderbarem Blick, zu lang und zu tief. Die dunkle Traurigkeit verschwindet plötzlich aus Abduls Augen. Fast schelmisch zwinkert er ihm zu. Dein schüchterner Bruder flüstert ihm etwas zu, während Nouel lässig einen Arm um seine Schulter legt.

Was haben die beiden zu tuscheln, fragst du dich. Hat dein Bruder etwa einen Verbündeten gefunden? Seit wann sind die beiden so vertraut, was hast du verpasst?

Immer wieder siehst du dieses Bild, als wäre dieser eindringliche Blick deines Bruders auf Nouel in deine Netzhaut eingebrannt. Du fühlst die Wärme, die Anziehung in diesem Blick, die Sehnsucht, die Sucht, die Suche, das Gefühl des sich Hingebens und des Verlorenseins, das naive Sichfallenlassen, ohne ein sicheres Netz. Dieser Blick ist dir selbst nicht fremd, ist wie ein Spiegel. Gefangen wie ein kleiner Fisch in einem fremden Netz. Blickfang.

Du fühlst Angst in dir aufsteigen, deinen jüngeren Bruder zu verlieren, ihn nicht mehr schützen zu können. Auf der Flucht hast du alles für ihn getan, hast ihm von deiner Essensration gegeben, hast ihm zuerst über den Stacheldrahtzaun geholfen, hast ihn gewärmt bei Nacht. Du hast ihm Mut und Zuversicht eingeflößt, aus deiner eigenen Leere heraus. Für ihn bist du weitergegangen, auch als dein Körper versagte. Er sollte den Glauben nicht verlieren.

Nun scheint dein eigener Glaube brüchig. Du kannst nicht glauben, dass im sicheren Deutschland eine unsichtbare Gefahr lauert, die euch auseinanderreißen könnte. Du könntest es nicht ertragen, es ekelt dich an, es ist gegen eure Moral, gegen das gottgegebene Gesetz.

Du hast schon immer gewusst, dass Abdul anders ist, zu weich, zu sanft. Sein verträumter Blick aus langen Wimpern gen Himmel, seine Zeichnungen mit dem Finger im Sand, verspielt, verwunschen, sich selbst ein Rätsel.

Dein Vater wollte ihn stärken, Armdrücken, Mutproben, nächtliche Märsche durch steinige Wüsten. Er konnte das Zarte nicht aus seinem Wesen vertreiben, konnte den Stein nicht schleifen, den Kern nicht stählen. Abdul folgte lieber einer fliegenden Feder als den Raufereien der Jungen, betrachtete stundenlang das Glitzern auf dem Fluss, fand poetische Worte für den Kontrast zu den steilen Bergen.

Du erinnerst dich, wie dein Vater sein Kind schließlich in den Arm nahm, ihn vorsichtig hochhob, wie ein Mädchen, wie er sich Abduls Gedichte anhörte, aufmerksam und ermutigend, anerkennend, wie er seine feinen Zeichnungen von Menschen, Tieren oder der Weite des afghanischen Landes bewunderte.

Dein Vater lehrte euch die Botschaft von Saadi, seinem weisen und weitgereisten Landsmann: „Die Kinder Adams sind aus einem Stoff gemacht/ als Glieder eines Leibs von Gott, dem Herrn, erdacht/ Sobald ein Leid geschieht nur einem dieser Glieder/ dann klingt sein Schmerz sogleich in allen wider."[1]

---

[1] Juchem, Naike: „Die Ethnologie in Afghanistan". 12.09.2023, In: (abger. am 17.07.2024).

Dein Vater liebte alle seine Kinder, sie waren aus einem Stoff gemacht. Aber – hätte er diesen Blick ertragen oder hätte er einen Keil in sein Herz getrieben?

Du weißt, dass es in Europa andere Rechte, Möglichkeiten und Freiheiten gibt. Du ahnst, dass dein Bruder nicht anders kann, dass er ist, wie er ist, dass er liebt, wen er liebt. Wie willst du ihm ein anderes Denken und Fühlen aufzwingen? Und für welchen Preis? Wer wird die Familie zerreißen, wessen Schmerz ist am größten? Es schmerzt dich, mit diesen quälenden Fragen allein zu sein, wie in einer dunklen Höhle ohne Echo und nicht zu wissen, wo der Ausgang ist.

Dein Vater hat dir den Namen Rahim gegeben, das bedeutet „barmherzig, mitfühlend“. Wie schwer es dir fällt, diese Bürde zu tragen. Du bist verunsichert, du willst dein Land, deine Moral, deine Familie nicht verraten. Du willst das Richtige tun. Für deinen Bruder wärst du auf der Flucht gestorben. Wie weit reicht deine Liebe?

Der Timer am Whiteboard ist abgelaufen und die Lehrerin bittet euch, eure Texte vorzustellen.

Nadira berichtet als erste, wie sie vor zwei Jahren mit ihrer Familie aus Syrien nach Deutschland kam. Ihre Stadt lag längst in Schutt und Asche, keine „Phönix-Heimat“ mehr. Alle Hoffnungen auf ein besseres Land hatten sie begraben. Der Vater wollte nicht länger Soldat sein, für eine Sache kämpfen, an die er nicht glaubte. Er kam ins Gefängnis, wurde geschlagen, gefoltert und fast getötet. Nach innen gebrochen, nach außen geschunden, schaffte er schließlich die Flucht mit seiner Familie.

Das Ankommen war schwierig. Die kritischen Blicke von „fremderen Nachbarn“, die Sprache noch neu und kompliziert. Verfolgt von den Schreckgespenstern ihrer Vergangenheit, konnte sie sich nur schwer aufs Lernen konzentrieren. In den ersten Wochen fühlte sie sich oft verloren, missverstanden. Die Anderen redeten schnell in verschiedenen Sprachen und benutzten Wörter, die sie nicht kannte. Die ukrainischen Jugendlichen in der Überzahl, riefen sich ihre Wörter in rauschenden Wellen im Klassenraum zu, in denen die anderen Sprachen untergingen. Bis die Lehrerin bat, dass alle nur noch Deutsch miteinander sprechen.

Nadira versucht es, sie will ankommen, will dazugehören. Gleichzeitig vermisst sie ihre arabische Sprache, ihren Heimatdialekt, ihre syrische Kultur und ihre Bräuche. Wer ist sie in dem neuen Land, wer könnte sie sein, wo sollte sie sich verankern? Hinter allen Straßenschildern, hinter fremden Gesten und kritischen Blicken auf ihr Kopftuch lauert die gefräßige „Wobinichdennangst“.

Die Lehrerin bedankt sich für Nadiras Mut, ihre Geschichte zu erzählen und wischt sich mit dem zierlichen Handrücken über die Augen. Sie weiß, dass die Schule diese Ängste nicht nehmen kann, nur abfedern, Mut machen, Orientierung bieten. Sie hat ein großes Herz, möchte Heimat bieten, auch wenn sie gebrochene Herzen nicht heilen kann.

Zuhause saß sie am Morgen mit ihrer kleinen Familie am Frühstückstisch, in einem kleinen aufgeräumten Vorort, in dem mehrstöckigen lichtdurchfluteten Reihenhaus, mit zwei Autos vor der Tür, einem Staubsaugerroboter, einem Thermomix, einem Lieferservice für Nahrung und einem, der sie mit Gimmicks versorgt, um das Leben noch sorgloser zu gestalten.

Der Zweijährige ließ sich einen Milchbart wachsen, stupste seinen Mäusemund tief in die Schaummilch, ein kleiner Spaßvogel. Der Vierjährige verweigerte die Milch, war resistent gegen die Belehrungen, wie gesund Milch sei. Jeder Mensch ist einzigartig.

Die Nachrichten schaut sie mit ihrem Mann, wenn die Kinder tief schlafen. Eine Aneinanderreihung schrecklicher Bilder, von menschengemachten Naturkatastrophen und Kriegen. Ihre Kinder sollen keine Soldaten werden, sollen nicht auf die Kinder anderer Mütter schießen müssen. Sie sollen in die Schule gehen und lernen, auf die beste Schule, die sie finden wird.

Sie selbst hat sechs Schulen in verschiedenen Orten in zwei Systemen besucht, fühlt sich auch heimatlos. Ihre Eltern sind aus Ostdeutschland ausgewandert, noch vor der Wende. Auch sie kennt die Grenzen der Freiheit, das Duckmäusertum, die Gleichschaltung im Denken, hier wie da.

„Dunkel und Flüstern und Fliehen/ Und atmen, daß keiner dich hört“[1]

Du hast nicht damit gerechnet, dass Henok sich meldet. Auch nach drei Jahren ist sein Deutsch noch nicht gut. In stockenden Worten

[1] Kaléko. 1977. S. 65.

liest er seinen Text vor, den er aus seiner Heimatsprache Tigrinya übersetzt hat.

In seiner Heimat Eritrea ging er nur wenige Jahre in die Schule und wurde früh zum Militär eingezogen, kurz nach seinem fünfzehnten Geburtstag. Das widersprach seinem christlichen Weltbild, er wollte nicht kämpfen und töten müssen, wollte nicht sterben. Zusammen mit zwei Cousins begaben sie sich auf eine lange Flucht. Unter sengender Hitze wanderten sie nach Äthiopien, folgten dem Schmuggler, der sie vor einem Urwald im Dunkeln allein ließ. Sie hatten Angst vor Schlangen und anderen gefährlichen Tieren, doch der Rückweg war unmöglich.

„So viele Brücken hinter dir verbrannt.“[1]

Am nächsten Tag durchquerten sie den Wald, wurden von Soldaten aufgegriffen. Sie verbrachten Monate im Flüchtlingslager, fürchteten sich vor anderen Flüchtlingen oder Soldaten, vor Mord und Todschlag.

„Das feindliche Bett im Nirgendwo“[2]

Doch die Todessehnsucht befiel ihn erst auf der mehrtägigen Fahrt in einem völlig überfüllten Jeep durch die Wüste, ohne Nahrung und fast ohne Wasser. Er wurde weitergetrieben, wie die Wellen, die später an das überfüllte Holzboot schlugen.

„Der Himmel frischgewaschen und weit/ Eine Blausilbermurmel aus Glas“[3]

---

[1] ebd. S. 65.

[2] ebd. S. 65.

[3] ebd. S. 65.

Henok dankt seinem Gott, als er Land betritt, gerettet scheint. Er blickt in den vertrauten Himmel, der sich als Kuppel über ihm wölbt.

„Draußen war Freiheit war Liebe.// Vielleicht"[1]

Unendlich seine Träume, doch er weiß nicht mehr, ob es seine sind. Sie scheinen ihm losgelöst, in einem anderen Leben geträumt, fremder. Er atmet Freiheit, doch fühlt sich gefangen, in einem Netz aus Alpträumen, verfolgt von all den Verwundeten und Gestorbenen auf seinem jungen Weg.

Du siehst die Tränen auf den Gesichtern in deiner Klasse und schmeckst selbst schon das Salz auf den Lippen. Henok lächelt schüchtern. Du meldest dich, sprichst Henok deine Bewunderung aus, dass er diese Reise angetreten ist, dass er es geschafft hat. Du hast ihn nie zuvor einen so langen Text sprechen hören.

Auch die Lehrerin lobt seine enorme Entwicklung und macht ihm Mut, dass er die Ausbildung als Küchenfachkraft im nächsten Schuljahr sicherlich meistern wird.

Nouel meldet sich nun auch und bittet die Lehrerin, sein Handy mit dem Whiteboard verbinden zu dürfen. Alle warten gespannt.

Als einige ukrainische Jugendliche Nouel das erste Mal sahen, hast du Verachtung in ihren Blicken erkannt. Sie schauten sich an und begannen zu tuscheln. In der Gruppenarbeit weigerten sie sich zuerst, mit dem Afrikaner zusammenzuarbeiten. Die Lehrerin hat das nicht geduldet.

[1] Kaléko. 1977. S. 65.

Ihr habt das Thema Rassismus und Ausgrenzung im Unterricht besprochen, genauso wie Toleranz und Rücksichtnahme. Doch auch die gemeinsame Zeit hat die Grenzen zwischen euch verwischt, ihr lacht mehr mit- als übereinander. Vor zwei Wochen habt ihr euch nachmittags gemeinsam am See getroffen, der dunkle Nouel zwischen den hellen Menschen aus der Ukraine. Nicht nur Getränke wurden geteilt, sondern auch Geschichten.

Es knistert wie bei einem alten Schallplattenspieler. Durch das Klassenzimmer hallt französischer Kongo-Hip-Hop, Nouel ist ein Dichter.

Du siehst, wie der Blick deines Bruders weicher wird, sein Herz ganz weit, wie er langsam ein- und ausatmet, als würde er die Worte einatmen, als würde er ihre Botschaft verstehen.

Auch die ukrainischen Jugendlichen lauschen gespannt dem pulsierenden Rhythmus, der die Worte wie kleine Pusteblumensamen emporhebt und herumwirbelt. Diana hebt anerkennend die Augenbrauen und nickt.

Zum Schluss liest Nouel eine Übersetzung seines Textes vor. Er erzählt in poetischen Bildern von seiner gefährlichen Flucht aus dem Kongo, vom Verlust der Heimat mit den gewohnten Gerüchen, von der Freude über den wahrgewordenen Traum am Ende eines endlosen Weges, noch geblendet von den neuen Farben des Unbekannten, dem Gefühl des Fremdseins in den großen Häuserschluchten.

„Wer an der Tür läutet, der Postbote kanns nicht sein."[1]

---

[1] Kaléko. 1977. S. 65.

Nouel hat versucht, die Angst zu ignorieren, jedes Mal, wenn er nach der Post schaute. Seit Jahren läuft das Asylverfahren, die fremden Jahreszeiten kommen und gehen. Es zieht sich kaugummiartig in die Länge, ohne Zukunft, auf die er vertrauen kann.

„Kinder werden gesehen, nicht gehört/ Weinen ist lebensgefährlich“[1]

Manchmal fühlt er sich wie ein Gefangener, die Wände kommen näher, die Luft zum Atmen wird dünn. Gitterstäbe aus Regeln, Vorschriften, Urteilen und zähfließender Zeit. Der Blick nach draußen, erfolgreicher Schulabschluss, deutsche Sprache, eingebunden, Freibäder und lachende Menschen, Party am See, Leichtfüßigkeit, – nur ein Wunsch?

Wünsche ohne Boden, bodenlose Frechheit, wie manche Menschen meinen.

„Meine Kindheit ein fernes Geläute/ Heimweh und juckende Socken/ Geküßt wurde nur auf dem Bahnhof.“[2]

Die Blicke einzelner Passanten am Bahnhof schneiden seinen Weg ins weit entfernte Dorf, wo sein Asylheim steht, in dem er mit dem strengen Vater auf engstem Raum lebt. Wie sehnt er sich nach der Weite seiner Heimat. Aus den Gesichtern der Menschen glaubt er ihre Angst zu lesen. „Ist das wohl auch so einer, der Drogen an unsere Kinder verkauft? Es werden immer mehr, unser Land wird überflutet, wir haben doch selbst genug Krisen, verlieren unsere Arbeit, weil sie ein Afrikaner billiger macht.“

---

[1] ebd. S. 65.
[2] Kaléko. 1977. S. 65.

Die Gedanken sind frei, doch er kann sie erraten, sie fliehen vorbei, wie nächtliche Schatten. Manchmal beleidigen sie ihn auch, dabei kennen sie ihn nicht. Er behält den Kopf oben, geht aufrecht. Er ist doch auch ein Mensch, wenn auch fremder.

Dann schweigt Nouel.

Die Stille breitet sich aus wie ein dunkles Meer in der Nacht, der Horizont verschwindet. In der Stille sind sie alle eins, ohne Sprache und Dialekte. Die Abwesenheit der Worte liegt schwer auf dem Gewissen. Sie senken den Kopf, schauen beschämt auf ihre Tische. Niemand lacht oder flüstert.

Dein Bruder schaut versunken ins Nichts des Himmels draußen, die Worte trommeln noch an sein Herz. Er ist doch auch ein Mensch.

Eure Blicke kreuzen sich, du fängst ihn ein. Sein verwunschener Blick wandelt sich. Er sieht dich an, direkt, schaut herausfordernd, wie Mascha auf dem Foto.

„So viele Brücken hinter dir verbrannt/ Aus ihrer Asche immer wieder die falsche, die neue/ Phönix-Heimat. Ich kann ja schreien. Gott sei Dank.“[1]

Die Lehrerin bedankt sich auch bei Nouel. Sie preist sein herausragendes sprachliches Talent und fragt, ob er sich vorstellen könnte, später als Schriftsteller zu arbeiten oder eine Sprache, Literatur zu studieren. Nouel bekommt große Augen und schwitzige Hände. Er lächelt verlegen und schüttelt den Kopf. Dann rauscht eine Welle des Applauses über ihn hinweg und er taucht ein in diese andere

[1] Kaléko. 1977. S. 65.

Welt, die auch sein könnte, in der er seine Lust und Leidenschaft leben könnte. Er glaubt an sich.

Die Lehrerin screent ihren Tablet-Bildschirm. Dort lest ihr ein Zitat des großen französischen Mathematikers Blaise Pascal:

"Vielfalt, die nicht auf Einheit zurückgeht, ist Wirrwarr; Einheit, die nicht auf Vielfalt gründet, ist Tyrannei."[1]

Sie fordert euch auf, sich bis zur nächsten Stunde zu diesem Zitat Gedanken zu machen, schriftlich, versteht sich von selbst. Ihr Lächeln vermittelt Zuversicht, auch an die, die verloren geglaubt scheinen.

Du erinnerst dich an eine Hand voll bunter Steine, kleine Schätze, die du als Kind gefunden und an deinem Nachtlager in einer Dose gesammelt hast. Jeder hatte eine unterschiedliche Form, eine andere Farbe: hell, gelblich, lichter oder dunkler Ocker, weiches Rosa, samtig braun bis bläulich schwarz.

Du blickst in die vertrauten Gesichter in deiner Klasse.

---

[1] Al-Khazan, Philip Mohamed: „Willkommen in der Fremdheit". 16.03.2018, In: https://www.boell.de/de/2018/03/16/willkommen-der-fremdheit. (abger. am 17.07.2024).

Auf der Bank

Von Ulrike Eggert

Die Tür zum Zimmer stand offen, so wie bei allen Räumen. Privatsphäre existierte in einem Pflegeheim nicht mehr, dachte Cornelie. Eins von den Dingen, die verschwanden, gemeinsam mit der Selbstbestimmung, der Unabhängigkeit und dem letzten Rest an Würde. Das Zimmer selbst wirkte klein, gedrängt, es war genauso eingerichtet wie bei ihrem letzten Besuch. Vor drei Jahren. Ein Pflegebett, ein Nachttisch, ein Tisch ohne Stuhl. Ein Stuhl war nicht nötig, wenn man im Rollstuhl saß. In diesem Raum gab es im Gegensatz zu denen aller anderer Bewohner keinen Fernseher. Dafür Bücher über Bücher. Ihr Vater hatte beim Umzug ins Heim so viele Bücher seiner eigenen Bibliothek mitgenommen, wie ihm nur möglich gewesen war. Die Wände standen voll mit Bücherregalen, sie reichten bis zur Decke, die Bücher standen in zwei Reihen hintereinander, die Regalbretter bogen sich unter dem Gewicht. Bücherstaub lag in der Luft. Er hatte einen eigenen Geruch, nach Druckerschwärze und Papier. Nach vergangenen Zeiten und tragischen Geschichten. Nach ungeweinten Tränen und gesenkten Köpfen.

Cornelie sah die Wand aus Büchern und war sofort in ihre Kindheit zurückversetzt. Sie war klein, ein Schulmädchen noch. Die Bücher türmten sich auf vor ihr, hoch und immer höher, sie blickte ängstlich nach oben und fürchtete, dass alles zusammenbrechen und über ihr einstürzen würde. Sie saß auf dem schmalen Sünderbänkchen vor dem Schreibtisch ihres Vaters, die dünnen Arme um ihren Oberkörper geschlungen und wiegte sich sachte vor und zurück.

„Sitz gerade“, hatte er sie angeherrscht und sie hatte sich bemüht, ihr kleines Rückgrat durchzustrecken. „Warum ist das nicht besser? Warum?“, hatte er gedröhnt und mit dem Finger auf ihr Klassenarbeitsheft, den Test, das Zeugnis auf seinem Schreibtisch gezeigt. Sie hatte nicht geantwortet, weil er keine Antwort erwartete, nicht von ihr. Sie sollte nicht sprechen. Die Hände zu Fäusten geballt, den Kopf nach unten geneigt, wartete sie, bis er fertig war. Er sprach, er tönte, er grollte. Ihre Aufgabe war es, stillzusitzen und zu nicken. Der Geruch des Staubes lag in der Luft. Die Regale ragten in die Höhe. Und die ganze Zeit fürchtete sie den Zusammenbruch und sehnte ihn doch herbei.

Hier wie dort standen die Werke streng geordnet nach Autoren. Ihr Vater legte Wert auf sein System, ohne System war die Fülle, die schiere Menge der Bücher nicht kontrollierbar.

Die Anzahl der Familienfotos in diesem Raum hingegen war gering. Über dem Bett, dem einzigen Platz an der Wand, der nicht von Regalen eingenommen wurde, im silbernen Rahmen. Das Hochzeitsfoto ihrer Eltern, ein vergilbtes Schwarz-Weiß-Bild. Ihre Mutter war mittlerweile verstorben. Ein Familienfoto, mit ihr selbst in der Mitte, als sie ein kleines Mädchen von etwa fünf Jahren war. Ein weiteres Bild anlässlich ihrer Abiturfeier. Sebastian, ihr eigener Sohn, ihres Vaters einziger Enkel, als süßes pausbäckiges Kleinkind. Das war alles.

Kein Bild ihrer Hochzeit, denn ihr Mann hatte sie längst verlassen. Kein Bild von Sebastian als junger Mann, denn er war gegangen, sobald er volljährig war und nie wiedergekommen. Und auch das lag schon Jahre zurück. Sie wusste nicht, wo er war, wie es ihm ging, warum er gegangen war. Ob er noch lebte.

Sie selbst hatte die Fotos damals aufgehängt, in diesem Raum, als der Umzug ins Heim unumgänglich geworden war. Sie fragte sich, ob ihr Vater die Bilder seiner Tochter mittlerweile abgenommen hätte, wenn er körperlich dazu fähig gewesen wäre. Mit Sicherheit würde er die Pflegekräfte niemals um Derartiges bitten. Man musste den Schein wahren.

Drei Jahre.

Und vor drei Jahren hatte sie sich geschworen, niemals wiederzukommen.

Er saß auf dem Balkon, im Schatten, und trug wie immer seine großen Kopfhörer. Damit gab er vor, Musik zu hören, damit niemand es wagte, ihn anzusprechen. In Wirklichkeit aber dröhnte nur die Stille aus diesen Kopfhörern, Musik interessierte ihn nicht mehr. Nichts interessierte ihn, abgesehen von seinen Büchern. Er lebte in einer anderen Welt, einer, die er kontrollieren konnte, indem er umblätterte, wenn ihm danach war. Kapitel ausließ, die ihm nicht zusagten. Alle kannten die Scharade, dennoch funktionierte sie. Noch immer, hier genauso wie damals.

Er war in sein Buch versunken. Das Haar war schütter geworden, der Hals noch dünner, die Kopfhörer wirkten gigantisch, glichen riesenhaften schwarzglänzenden Käfern auf seinen Ohren.

Wie der schwarze Moderkäfer, dachte sie unwillkürlich, räuberisch und aggressiv. Beißt seine Opfer zu Tode.

„Hallo Vater“, sagte sie.

Er reagierte nicht sofort. Sehr langsam schloss er sein Buch, nicht ohne vorher sorgfältig das Lesezeichen zu platzieren. Weder das edle aus geprägtem Leder, das sie ihm zu Pensionierung geschenkt hatte, bemerkte sie, noch eine der zahlreichen Bastelarbeiten aus Sebastians Kindergartenzeit. Eine Werbegabe aus der Buchhandlung.

Er legte das Buch in seinen Schoß und nahm die Kopfhörer ab. Dann griff er nach unten an die Räder seines Rollstuhls und drehte sich langsam um. Seine Arme waren mager, aber drahtig, er war erstaunlich geschickt beim Rangieren seines Rollstuhls. Das letzte bisschen Autonomie, das ihm geblieben war, wusste Cornelie, sich noch selbst durch die Gänge zu bewegen und nicht geschoben zu werden. Sie blieb im Zimmer stehen, beobachtete ihn auf dem hellen Balkon aus dem Schutz des Halbdunkels heraus.

Nachdem er sich gedreht hatte, sah er sie an.

„Cornelia“, sagte er. Sein Ton war nüchtern, emotionslos. Eine einfache Aussage, kein Ausruf der Freude, keine Frage.

Sie sagte nichts. Er entdeckte nun offensichtlich Luca, der sich halb hinter Cornelie versteckt hielt, und kniff die Augen zusammen, um besser sehen zu können. Sie blieb stehen und wartete ab. Sie war bis hierhergekommen, die letzten Meter musste er überbrücken.

Er zögerte. Ganz langsam, wie in Zeitlupe, rollte er über die kleine Metallrampe, die dazu diente, die Schwelle überwinden zu können, in den Raum.

„Wer ist das?“, fragte er.

Er kannte Luca nicht. Woher auch, Cornelie hatte ihn bis vor kurzem auch nicht gekannt. Luca, ihr vierzehnjähriger Enkel, von dessen Existenz sie nichts geahnt hatte, der plötzlich bei ihr aufgetaucht war, auf der Suche nach seinem verschollenen Vater, ihrem Sohn, Sebastian. Luca, den sie erst so kurz kannte, und der sie trotzdem schon so viel gelehrt hatte. Luca, der ihr die Hoffnung gab, dass es doch noch alles gut werden könnte, irgendwie.

Nun wünschte Cornelie sich, sie hätte Luca draußen warten lassen. Er hätte anderes verdient, mehr. Eine Begrüßung wäre schön gewesen, ein Lächeln. Sie wünschte, dass Sie ihm diese Begegnung erspart hätte. Sie hätte es besser wissen müssen.

Ihr Vater musterte Luca mit kritischem Blick, analysierte ihn und urteilte. Er musste sein Urteil nicht aussprechen, Cornelie wusste auch so genau, dass er bereits eins gefällt hatte.

„Das ist Luca. Er ist Sebastians Sohn, mein Enkel, dein Urenkel.“

Wie erwartet, verzog ihr Vater keine Miene.

„Aha“, sagte er.

Und dann: „Und wo kommt der jetzt plötzlich her?“

Er brauchte kein Skalpell, um einen Menschen zu sezieren, aufzuschneiden und auseinanderzunehmen. Er war in der Lage, das mit wenigen Worten zu tun. Sprache, Sätze, Wörter, das war sein Metier. Und er konnte damit sehr präzise arbeiten.

Cornelie schüttelte den Kopf. „Vielleicht solltest du dich einfach darüber freuen, dass du einen Urenkel hast."

Sie sah sich im Raum um, obwohl sie genau wusste, dass es keine Stühle gab. Ihr Vater war nicht auf Besuch eingerichtet. Er bekam selten Besuch und er wollte keinen Besuch. Er hatte Platz für seine Bücher, nicht für Menschen.

„Dürfen wir uns auf dein Bett setzen?", fragte sie.

Er sah sie nicht an, weil er immer noch Luca musterte, aber er nickte knapp.

Sie ließ sich auf dem Pflegebett nieder und spürte, wie Luca sich ganz dicht neben sie setzte.

„Wie geht es dir, Vater?", fragte sie.

„Unverändert."

Die Standardantwort, bei der sie noch nie gewusst hatte, wie sie darauf reagieren sollte.

„Du sollst also mein Urenkel sein?"

Cornelie hatte das Gefühl, dass Luca neben ihr zusammenschrumpfte. Sie holte tief Luft. „Ganz genau, Luca ist dein Urenkel, wie ich gerade schon gesagt habe. Ich habe bis vor kurzem auch nichts vor seiner Existenz gewusst. Noch nicht einmal Sebastian weiß es. Das ist für uns alle neu."

Sie griff nach Lucas Hand und lächelte ihn an. „Das ist neu, aber das ist auch schön. Denn Luca ist ein sehr netter Junge."

Dann wandte sie sich wieder an ihren Vater. „Du solltest dich freuen, dass es ihn gibt. Nun hast du einen Urenkel. Das Leben geht weiter, mit ihm."

„Woher weißt du, dass er wirklich Sebastians Sohn ist? Gibt es irgendwelche Beweise? Da könnte doch jeder kommen."

Cornelie spürte, wie Lucas Griff fester wurde.

„Erstens brauche ich keine Beweise, das ist doch Blödsinn. Wer sollte sich denn so etwas ausdenken? Schließlich gibt es bei mir nichts zu holen. Und abgesehen davon – schau ihn dir doch einfach mal an."

Ihr Vater musterte das Kind wie ein Viehhändler, der ein Pferd begutachtete. Gleich will er das Gebiss sehen, dachte Cornelie unwillkürlich. Warum nur hatte sie Luca mit hierhergenommen?

„Naja, eine gewisse Ähnlichkeit besteht wirklich", brummte ihr Vater. „Aber er ist extrem groß. Warum ist er so groß?"

„Ja, das ist er. Aber das spielt ja wohl keine Rolle."

Cornelie holte wieder Luft. Sie wollte diesen Besuch nur noch so schnell wie möglich hinter sich bringen. „Deshalb sind wir hier. Wegen Sebastian."

Ihr Vater stieß heftig Luft aus. „Das hätte ich mir ja auch gleich denken können, dass du nicht ohne Hintergedanken herkommst."

„Hintergedanken?" Cornelie hielt die Luft an und drückte Lucas Hand.

„Wir suchen Sebastian. Luca möchte gerne seinen Vater kennenlernen. Das ist ja wohl nicht zu viel verlangt."

Ihr Vater schwieg.

„War er hier? In der letzten Zeit?"

Er schwieg weiterhin.

„Jetzt lass dir doch nicht jedes Wort aus der Nase ziehen! Ist es so schlimm für dich, mir zu sagen, ob du ihn in letzter Zeit gesehen hast?"

Er sah sie an und sein Blick war hart. „Ich denke nicht, dass du, gerade du, Cornelia, in der Position bist, überhaupt etwas von mir zu verlangen. Du hast mich seit drei Jahren nicht besucht. Was für eine Tochter bist du denn eigentlich? Du hast kein Recht, irgendetwas zu fordern."

Cornelie sprang auf. „Du fragst wirklich, weshalb ich dich drei Jahre lang nicht besucht habe? Echt jetzt? Ich fasse es nicht! Weißt du denn gar nichts mehr? Und du wirfst mir vor, keine gute Tochter zu sein? Mir fehlen die Worte!"

Sie rannte auf den Balkon. Raus. An die Luft. Fort, auch wenn es eigentlich nicht weit genug war. Sie konnte ihn nicht mehr ansehen, sie brauchte Abstand, wollte nur weg von hier, wieder.

Luca blickte ihr nach. Einen Moment lang war er versucht, ihr zu folgen, aber er zögerte. Sie blieb draußen auf dem Balkon stehen und hielt sich am Geländer fest. Er sah, wie sie heftig atmete und ihr Rücken sich versteifte.

Nun war er allein im Raum mit diesem Mann, den er nicht kannte, von dessen Existenz er nichts gewusst hatte und der sein Urgroßvater sein sollte. Und er traute sich nicht, ihn anzuschauen. Stattdessen betrachtete er die Bücherregale. Riesenhaft wirkten sie, übermächtig, sie pressten den Raum zusammen zu einem kleinen Würfel der Einsamkeit. Was für ein Mensch musste das sein, der das einzige Zimmer, in dem er existierte, derart den Büchern unterwarf? Er war geprägt von einer schneidenden Härte, das hatte er schon erkannt, so scharf wie ein Blatt Papier. Man hielt es für harmlos, bis man blutete.

Dann bemerkte er, dass er noch immer die Hundeleine in der Hand hielt, bückte sich und nahm Frida, Cornelies kleine Hündin, auf den Schoß. Er steckte die Nase in das Hundefell. Sie riecht vertraut, schon jetzt, nach nur wenigen Tagen, dachte er und atmete tief ein. Aus dem Augenwinkel beobachtete er den Mann, dem es so wichtig war, mit seinem Doktortitel angesprochen zu werden. Der offensichtlich so viel Wert auf seine Bedeutsamkeit legte. Und der ihn so kritisch und missbilligend gemustert hatte. Als ob er ein ekelhaftes Insekt vor sich hätte, eine Zecke.

Er sieht viel größer aus als er eigentlich ist, dachte Luca. Und er betrachtete die dünnen Arme, von ergrauten Haaren bedeckt. Die Finger waren leicht gekrümmt. Waren es Krallen, fragte er sich, oder einfach müde Gliedmaßen, vom Alter gezeichnet?

Mit beiden Händen umfasste Cornelie fest das metallene Balkongeländer, das heiß war von der Sonne, und atmete tief durch. Ihr Herzschlag dröhnte in ihren Ohren. Sie sah nach unten in den Hof. Das Geländer war hoch. Sie waren im zweiten Stock, niemand sollte die Gelegenheit haben, hinabzuspringen. Selbst zu bestimmen, wann es zu Ende sein sollte. Niemand durfte hier irgendetwas für sich selbst entscheiden. Sie stieß heftig die Luft aus, das kam ihr so bekannt vor.

Was für eine Tochter sie war? Das hatte sie sich so oft gefragt. In den Augen ihres Vaters war sie die Tochter, die ein Sohn hätte sein sollen. Schon damit hatte sie ihn enttäuscht, von Anfang an. Sie war die Tochter, die versagt hatte, weil sie ihren Ehemann nicht hatte halten können. Sie war die Tochter, die ihre Eltern nicht genug ehrte, weil sie widerspenstig war und nicht gehorchte. Sie war gelinde gesagt ein Fehlschlag, ein Missgeschick, Note: ungenügend. Allenfalls mangelhaft.

Sie umklammerte das Metall, sodass ihre Fingerknöchel weiß hervortraten. Es war unglaublich heiß, es brannte, und der Schmerz war eine Wohltat.

Was für eine Tochter sie war? Sie war die Tochter, die seit Jahren eine erhebliche Summe für das Pflegeheim dazuzahlte, damit ihr

Vater das größtmögliche Zimmer für seine Bücher und einen privaten Balkon zum Lesen hatte. Sie war die Tochter, die folgsam Lehramt studiert hatte, weil das nach Ansicht ihres Vaters der einzig möglich akademische Beruf für eine Frau war. Die Tochter, die nie so weit gekommen war, dass sie sich hatte fragen dürfen, was sie eigentlich selbst gerne mit ihrem Leben gemacht hätte.

Sie war die Tochter, die ihren Sohn verloren hatte. Genauso wie ihr Vater seine Tochter verloren hatte. Nur dass sie ihren Sohn gewollt hatte.

Es war drückend heiß. Die Sonne blendete sie. Sie atmete tief durch und lockerte ihren Griff.

„Du heißt also Luca", hörte sie die Stimme ihres Vaters hinter sich. „Was soll das für ein Name sein?"

Sie musste wieder hineingehen, sie konnte den Jungen nicht schutzlos in der Wolfsgrube lassen.

Luca saß auf dem Bett, er hatte Frida auf den Schoß genommen und beide Arme um sie gelegt.

„Sie hatte Angst", sagte er erklärend zu Cornelie, „da habe ich gedacht, ich tröste sie ein bisschen."

„Das war eine sehr gute Idee."

Sie setzte sich wieder neben Luca und streichelte den Hund. Sie war nicht allein hier. Dieses Mal.

„Also, Vater, kannst du uns helfen oder nicht? Oder anders gefragt, willst du uns helfen? Denn darauf läuft es doch hinaus."

Ihr Vater musterte sie und sagte nichts. Sie wartete und er schwieg. Sein Schweigen baute sich im Raum auf, wurde groß und immer größer, nahm ihr die Luft zum Atmen.

Da sagte Luca: „Du hast aber echt ganz schön viele Bücher. Hast du die alle gelesen? So viele Bücher habe ich sonst nur in der Bücherei gesehen."

„Selbstverständlich habe ich die alle gelesen. Manche auch mehrfach."

„Und welche Bücher liest du mehrmals? Und warum?"

Wieder fixierte er Luca, aber es lag nicht mehr ganz so viel Feindseligkeit in seinem Blick.

„Und du? Gehst du in die Bücherei?"

Luca nickte. „Yep. Ich habe eine Jahreskarte. Ist bei uns aber auch für Schüler umsonst."

„Aha. Und was liest du so?"

Luca zuckte mit den Achseln. „Keine Ahnung. Ich meine, manche Sachen müssen wir ja lesen für die Schule und so. Wilhelm Tell haben wir letztes Jahr gelesen. Meine Freunde fanden es doof, aber ich fand es eigentlich ganz gut. Schon spannend. Nur die Sprache ist so altertümlich. Ich glaube, die meisten meiner Freunde haben es gar nicht gelesen, zu schwierig."

Cornelie konnte sehen, dass ihr Vater sich bemühen musste, nicht zu lächeln.

Luca sprach weiter. „Ich meine, durch die Schule kommt man auch, ohne das Zeug zu lesen. Gibt genug Zusammenfassungen überall, Videos und so. Wenn ich es mir aussuchen kann, lese ich lieber modernere Sachen, die verstehe ich besser. Und das ist toll, dieses Eintauchen in fremde Welten."

Ein vierzehnjähriger Junge, der in seiner Freizeit Bücher las. Was für ein außergewöhnliches Kind in dieser Zeit, dachte Cornelie. Ihr Vater nickte nachdenklich, sagte aber nichts.

Dann sah er Cornelie an. „Es ist eine Weile her, dass Sebastian hier war. Ich kann dir nicht sagen, ob Monate oder Jahre, so etwas vergesse ich. Hier sind alle Tage gleich."

Cornelie sog die Luft ein.

„Er war vielleicht zwei- oder dreimal da in den letzten Jahren, aber sehr unregelmäßig."

„Aber das ist doch toll", entfuhr es Luca. „Dann wissen wir, dass er in der Nähe ist."

„Warum hast du mir das nie gesagt, Vater? Du weißt doch, dass ich seit Jahren auf der Suche nach ihm bin. Dass ich mir Sorgen mache und gar nicht wusste, ob er noch lebt."

„Wenn du mich mal besucht hättest, dann hätte ich dir das erzählen können." Sein Blick wurde wieder kalt.

„Abgesehen davon – dein Sohn ist auch nicht besser als du. Er kommt nur, wenn er was will. Genauso wie du. Wenn er kommt, dann nur, weil er Geld braucht."

Als sie das Pflegeheim verließen, schlug ihnen die Hitze entgegen. Dennoch konnte Cornelie endlich wieder frei atmen. Glücklicherweise fanden sie schnell ein Café, das Plätze im Schatten großer Buchen bot, denn Luca hatte wie immer Hunger und Cornelie brauchte dringend eine Pause. Sie schwiegen, während sie auf die Kellnerin warteten, bestellten, das Essen kam.

Cornelie blickte auf Luca riesenhaftes Schnitzel mit Pommes und fragte kopfschüttelnd: „Wie kannst du das nur essen bei der Hitze?"

Dann wurde sie ernst. „Wie geht es dir? Ich kann mir vorstellen, dass das eben schwierig für dich war. Mein Vater – er ist wirklich nicht einfach."

Er kaute sein Schnitzel. „Darf ich dich was fragen? Warum sagt er Cornelia zu dir? Mit ‚a'?"

Sie seufzte. „Das ist eine lange Geschichte."

Dann trank sie einen Schluck von ihrem Kaffee. „Aber ich versuche mal die kurze Version. Also: Als ich geboren wurde, haben meine Eltern mich Cornelia genannt. Wie du gemerkt hast, ist mein Vater ein großer Leser, er liebt die deutsche Literatur. Sein Ideal ist Goethe, der Universalgelehrte, das Genie, darunter macht er es nicht. Daher hat er sich einen Sohn gewünscht, den er nach seinem Vorbild benennen konnte. Nur leider habe ich ihm den Gefallen nicht getan und kam als Mädchen zur Welt. Also hat er mich kurzentschlossen Cornelia genannt, nach der kleinen Schwester. Ich war der Trostpreis. Wahrscheinlich hat er immer gehofft, dass er auch noch einen Johann bekommen würde. Aber den Gefallen hat ihm meine Mutter nicht getan, ich bin das einzige Kind."

„Ja, aber du nennst dich doch Cornelie mit ‚e'?"

„Tja, leider bin ich nun mal kein Genie. Ich bin eben nur sehr normal und das hat einfach nicht ausgereicht. Nicht für meinen Vater. Normalität bedeutet Durchschnittlichkeit und das findet er abstoßend. Und irgendwann, als junge Erwachsene, als ich einen neuen Personalausweis beantragen musste, hat ein Beamter auf dem Passamt nicht aufgepasst und aus Versehen ein ‚e' getippt. Und ich habe das einfach nicht korrigiert. Es gefiel mir ganz gut. Seitdem heiße ich Cornelie."

Sie lächelte und rührte in ihrem Kaffee. „Jetzt bin ich nicht mehr die kleine Schwester, das Anhängsel, der ungenügende Ersatz. Es ist das klitzekleine Bisschen an Rebellion, zu dem ich fähig war."

„Weiß er das mit der Namensänderung?"

„Ich weiß es nicht. Und es ist mir auch egal."

Luca aß schweigend weiter. Cornelie konnte ihm ansehen, dass er nachdachte. Sie fragte sich, in welche Richtung seine Gedanken wohl gingen. Immer wieder musste sie sich klarmachen, dass er erst vierzehn Jahre alt war. Es war viel für ein Kind. Selbst für sie war es viel, manchmal mehr, als sie glaubte aushalten zu können, wie musste es dann erst für Luca sein?

Es war ein wenig Normalität vonnöten, befand Cornelie, eine Pause. Außerdem hatte Luca für ihre Reise, für ihre Suche nach dem verlorenen Sohn und Vater, nicht genügend Kleidung dabei. Also gingen sie einkaufen.

„Ich finde, du brauchst dringend mal eine Jeans", sagte Luca, nachdem er selbst fündig geworden war.

Er deutete auf Cornelies Rock. Cornelie trug immer Röcke, mindestens knielang, einfarbig in grau, braun oder schwarz, schmal geschnitten, aber nicht zu eng, Material je nach Jahreszeit, aber immer solide. Das war einfach praktisch, denn sie war immer ordentlich angezogen. Passend für jeden Anlass und unauffällig.

„Jeans? Ich trage keine Jeans."

„Eben. Das müssen wir mal ändern." Und damit lief er los. Und dann standen sie in der Damenabteilung und warteten, dass jemand kam und ihnen half. Sie warteten, aber niemand nahm sie wahr. Die eine oder andere Verkäuferin kam vorbei, war mehr oder weniger schwer beschäftigt oder hielt ein Schwätzchen mit einer Kollegin. Gemeinsam war ihnen allen, dass sie sie ignorierten. Cornelie kannte das schon.

„Weißt du", sagte sie zu Luca, „Frauen in meinem Alter sind irgendwie unsichtbar. Keiner sieht uns, es ist, als ob wir gar nicht da wären. Zu alt, um attraktiv zu sein, nicht mehr gebärfähig. Nicht interessant für die Männer, keine Konkurrenz für die Frauen. Andererseits noch zu jung, um hilfsbedürftig zu sein, für mich steht niemand auf in der Straßenbahn. Nicht dünn, nicht dick, nicht groß, nicht klein, nicht hübsch, nicht hässlich. Ich bin immer dazwischen. Ich bin einfach da, ohne dass jemand es merkt."

Er sah sie mit großen Augen an. „Echt?"

Sie nickte. „Manchmal ist das wirklich praktisch. Man wird in Ruhe gelassen. Man fliegt unter dem Radar. Aber manchmal nervt es auch."

Er schüttelte den Kopf. „Das können wir auch allein." Und er fing an, wahllos Jeans zusammenzusammeln.

Kurze Zeit später stand sie in der Umkleidekabine und blickte ihr Spiegelbild an. Ihr wurde bewusst, wie lange sie das schon nicht mehr getan hatte. Natürlich sah sie in den Spiegel, wenn sie morgens im Bad stand, aber sie nahm sich gar nicht mehr wahr. Kinnlange Haare, ein undefiniertes Mittelbraun, ihr Vater hatte die Farbe immer als „straßenköterfarben" bezeichnet. Mit ersten grauen Strähnen darin. Sie färbte nicht, es war ihr egal. Ja, natürlich, sie ging regelmäßig zum Friseur. Aber sie wollte nicht schön sein. Sie wollte niemanden beeindrucken. Es reichte, nicht negativ aufzufallen, damit man sie in Ruhe ließ. Das war es, was sie wollte, in Ruhe gelassen zu werden.

Die Jeans waren allesamt viel zu eng. Nichts passte. Im grellen Licht der Umkleidekabine sah ihre Haut blass und käsig aus. Sie seufzte und ging ganz nah an den Spiegel. Wann hatte sie diese Falten bekommen? Um die Augen, auf der Stirn und am schlimmsten – an den Mundwinkeln. Damit wirkte sie griesgrämig, als ob sie überhaupt keine Freude im Leben gekannt hätte. Ein zerknittertes Stück Papier, für unwertig befunden und weggeworfen. Unwillkürlich traten ihr die Tränen in die Augen. Ihr wurde flau und sie ließ sich auf die kleine Bank in der Umkleidekabine sinken.

Was machte sie hier? Warum um alles in der Welt war sie wieder hergekommen, in diese Stadt, zu diesem Mann? Zu diesem Mann, der Vieles war, aber kein Vater. Nachdem sie sich so krampfhaft bemüht hatte, zu vergessen. Nur konnte man Vergessen nicht erzwingen. In ihren Augen hatten sich zu viele Tränen gesammelt, sie liefen über, rannen über ihre Wangen und tropften langsam vom Kinn. Sie tastete in ihrer Handtasche nach einem Taschentuch, um sich zu schnäuzen, und riss die Augen weit auf, um den Tränenfluss zum Versiegen zu bringen.

Sie nahm Lucas Stimme wahr, der leise durch den Spalt am Vorhang flüsterte: „Ist da drin alles in Ordnung?"

Sie räusperte sich und sagte: „Ja, ja, alles gut, nur die Jeans passen überhaupt nicht." Aber sie wusste, dass der Klang ihrer Stimme etwas ganz anderes sagte.

„Oma, darf ich reinkommen?"

Sie setzte an, um zu verneinen, aber da war er schon durch den Vorhang geschlüpft. „Weinst du?"

Cornelie wurde peinlich bewusst, wie sie aussehen musste, mit blassen, nackten Oberschenkeln auf der Bank hockend, mit geröteten

Augen und Tränen auf den Wangen, mit laufender Nase, ein zusammengeknülltes Taschentuch vor den Mund gedrückt. Ihr war, als säße sie wieder auf der Sünderbank in ihres Vaters Zimmer. Weinende Menschen waren so hässlich, einfach abstoßend. Sie zog ihren Rock heran, um zumindest ihre Oberschenkel zu bedecken.

„Luca, was soll das? Du kannst hier nicht einfach reinplatzen! Ich bin nicht angezogen."

„Aber..." Er zögerte.

„Aber was?" Sie sprang auf und stand nun dicht vor ihm. „Hast du schon mal was von Privatsphäre gehört? Muss es immer danach gehen, was du willst? Nimm doch mal Rücksicht auf andere!"

Sie atmete heftig. „Wieso soll ich so eine bescheuerte Jeans anziehen? Hast du dich jemals gefragt, ob ich das will? Ob ich überhaupt irgendetwas von all dem hier will? Vielleicht war ich ja glücklich, so wie es bisher war. Ich mag meine Röcke! So bin ich nun einmal, warum um alles in der Welt soll ich das ändern? Warum soll ich irgendetwas ändern? Hast du dich mal gefragt, wie das für mich ist?"

Er starrte sie an und wurde blass. Sie starrte zurück. In der Enge der Umkleidekabine stand sie dicht vor ihm, zu dicht. Sie war kleiner als er und musste zu ihm aufblicken.

„Hast du dich das gefragt? Hast du mal an mich gedacht? Ja, für dich ist das alles viel, schon klar, aber für mich? Ich wusste doch noch nicht mal, dass ich einen Enkel habe und jetzt soll ich mich plötzlich um dich kümmern? Da stehst du plötzlich vor meiner Haustür und ich bin zuständig? Einfach so?“

Vor ihren Augen schrumpfte er zusammen, wurde immer kleiner, winzig, sodass sie das Gefühl hatte, auf ihn herabzuschauen, obwohl sie immer noch den Kopf in den Nacken gelehnt hatte. Sie standen so dicht beieinander, dass sie die Wärme seiner Haut spüren konnte und sie trat hastig einen Schritt zurück. Sie stieß gegen die Sitzbank und ihr wurde bewusst, dass sie immer noch nackte Beine hatte. Blasse, nackte, hässliche Haut. Hastig griff sie nach irgendeinem Kleidungsstück, um ihre Blöße zu bedecken.

In seinen Augen sammelten sich die Tränen. Er wandte sich ab und stolperte aus der Umkleidekabine.

Erschöpft ließ sie sich auf die Bank sinken. Ihr war schlecht. Sie schloss die Augen und lehnte den Kopf gegen die Wand. Sie wollte nichts mehr denken.

Die Minuten vergingen. Sie atmete heftig. Ihr Herzschlag beruhigte sich nur langsam. Irgendwann öffnete sie die Augen und blickte sich um. Seufzend zog sie ihren Rock wieder an. Noch immer liefen die Tränen über die Wangen. Sie öffnete den Vorhang einen Spalt weit und fragte leise: „Luca?“

Er saß nur wenige Schritte entfernt auf dem Boden und hatte den Kopf in den Armen vergraben. Sie streckte die Hand nach ihm aus.

„Komm“, sagte sie. Er hob den Kopf und sie sah, dass auch er weinte. Wie ein kleiner Junge zog er die Nase hoch und in diesem

Moment sah er genauso aus wie Sebastian. Ihr kleiner Junge, damals. Die großen Augen mit den langen Wimpern, in denen die Kindertränen hingen. Und das schmerzte.

Sie setzten sich nebeneinander auf die schmale Bank in der Umkleidekabine. Cornelie schloss den Vorhang und der winzige Raum wurde zur schützenden Höhle. Sie fasste seine Hand.

„Es tut mir leid", sagte sie. „Es tut mir wirklich leid."

Er nickte. Ein Weilchen schwiegen sie in Eintracht.

Wieder zog er die Nase hoch. „Meine Mom sagt, weinen ist gut. Es reinigt die Seele. Manchmal muss es einfach sein."

Sie lächelte unter Tränen. „Du und deine Mom, manchmal seid ihr ganz schön schlau."

Er nickte gedankenverloren.

„Darf ich dich etwas fragen, Oma?"

„Habe ich denn überhaupt die Chance, dich davon abzuhalten?"

Er grinste. „Keine Ahnung. Wahrscheinlich nicht."

Dann wurde er wieder ernst: „Was ist passiert, vor drei Jahren?"

Sie schwieg. In der Kabine links von ihnen unterhielten sich zwei junge Frauen lautstark über die Unzulänglichkeiten von Männern im allgemeinen. Vorhänge wurde geöffnet und zugezogen, Plastikbügel klapperten, die Kaufhausmusik dudelte im Hintergrund. Und sie saß zusammen mit ihrem Enkel in der Profanität einer engen, grell beleuchteten Umkleidekabine und sollte ihm ihren Schmerz erklären.

„Manchmal denke ich, wenn die hier ein besseres Licht verwenden würden, dann würden sie viel mehr verkaufen. Das ist doch wie ein Scheinwerfer, der gerade alles beleuchtet, was nicht so schön ist."

Er nickte. Und wartete.

Sie holte Luft.

„Vor drei Jahren, da hatten wir einen riesengroßen Streit, mein Vater und ich. Eigentlich gab es gar nichts Neues. Es war nur - mein Vater hat einfach mal alles ausgesprochen, was er sowieso schon immer gedacht hat. Eigentlich wusste ich das ja alles schon. Aber es ist etwas anderes, es irgendwie zu wissen, als dass es einem wirklich um die Ohren gehauen wird. Diese Härte, die es hat, wenn es gesagt wird. Wörter, die gesagt worden sind, die kann man nie wieder zurücknehmen. Sie stehen da, sie bilden eine Mauer, die verhindert, dass man wieder zueinander findet."

„Was hat er denn gesagt?"

„Letztlich nur, dass ich schuld bin."

„Schuld woran?"

Sie lachte kurz, aber es war ein schmerzvolles Lachen. „Wenn du meinen Vater fragst – an allem."

Er sah sie fragend an. Sie zögerte. Wie sollte sie ihm das begreiflich machen? Er war trotz allem noch ein Kind. Wie konnte sie ihm begreiflich machen, welcher Art die Verbindung zwischen einer Mutter und ihrem Kind war? Wie dieses Gefühl war, ein Kind in sich zu tragen, dieses Kind als Teil ihrer selbst zu begreifen, dieses Kind aus sich selbst zu erschaffen? Seine Bewegungen zu spüren, es zu kennen, bevor es auch nur auf dieser Welt war? Es zu gebären unter Schmerzen, die übermenschliche Kräfte erforderten? Ein Leben zu führen, in dem sich alles auf dieses Kind zentrierte? Wenn das Herz sich weitete, weil das Kind lachte, und der Schmerz brannte, wenn das Kind sich auch nur eine Schramme zuzog? Welcher Art der alles vernichtende Schmerz war, wenn dieses Kind dann eines Tages einfach fortging?

Und wenn sie dann schon seit Jahren am Boden lag, geschlagen und kampfunfähig, und der eigene Vater dann lapidar hinzufügte, sie sei doch selbst schuld, weil sie ihn fortgetrieben habe? Ihr das letzte bisschen an Würde, an Selbstvertrauen nahm?

Sie sah Luca an. Ihr fehlten die Worte.

Dann sagte sie: „Seiner Meinung nach habe ich einfach auf ganzer Linie versagt. Das hat er mir vorgeworfen."

„Warum denn?"

„Wenn ich nicht versagt hätte, wäre Sebastian nicht fortgegangen. Darauf lief es letzten Endes hinaus."

Luca nahm ihre Hand. „Ich finde, da macht er es sich ziemlich einfach, dein Vater."

Sie nickte und drückte seine Hand. „Deshalb konnte ich da nicht mehr hingehen, nach diesem großen Streit."

„Mom sagt immer, das Leben ist kompliziert. Und man kann gar nicht immer alles verstehen."

Sie lächelte. „Das ist sicher wahr. Aber mein Vater sieht das alles etwas anders. Er sucht Verantwortliche für alles. Und es ist sehr praktisch, mir die Schuld zu geben."

Er nickte. Dann grinste er. „Ist ja auch einfacher so. Dann bist du eben schuld. An allem."

Sie runzelte die Stirn und sah ihn fragend an.

Er grinste weiterhin, die Grübchen auf seinen Wangen traten klar zutage. „Du bist nicht nur schuld daran, dass Sebastian weggegangen ist. Wenn wir schon mal dabei sind – du bist bestimmt auch schuld am Klimawandel."

Sie verstand ihn nicht.

Er lachte. „Naja, wenn du die Ursache für alles bist… Dann bist du auch schuld am Artensterben. Und daran, dass es Kriege auf der Welt gibt. Sehr praktisch."

Sie lachte leise. „Wir müssen ja gar nicht in so großen Dimensionen denken. Es reicht doch, wenn ich nur daran die Schuld trage, dass das Brötchen immer mit der Marmeladenseite auf den Boden fällt."

„Dass mir der Schulbus immer vor der Nase wegfährt."

„Dass die Ampel immer auf Rot schaltet, wenn ich darauf zu fahre."

„Dass das Klopapier immer leer ist, wenn man welches braucht."

Cornelie drückte Lucas Hand. „Du tust mir gut. Du machst das Leben leichter und heller. Vielleicht könnte ich mich irgendwann daran gewöhnen, deine Oma zu sein."

Dann sah sie sich um. „Ich glaube, bei den Jeans gebe ich auf. Lass uns gehen. Wir müssen das ganze Chaos hier nur noch aufräumen."

„Oder…" Er grinste schelmisch. „Oder wir nutzen deine andere magische Kraft, das geheimnisvolle Unsichtbarsein, und hauen einfach hier ab. Sollen doch die anderen mal aufräumen."

Sie lächelte. Irgendwie hatte sie ein gutes Gefühl, trotz allem. Sie würde weitermachen und einen Weg finden. Sebastian finden. Und die Probleme angehen, irgendwie. Aufgeben kam nicht infrage.

Ich allein weiß, wer ich bin

Von Daniel Mylow

Vom Tag geblieben war ein verschwimmender rosenfarbener Streif am Himmel. Schütteres Licht trieb in die Nachtbläue. Alles andere schien von hier aus betrachtet schon jenseits der irdischen Welt.

Wenn ich auf die Bilder sah, die mir mein Vater hinterlassen hatte, blieb ein ganz ähnliches Gefühl in mir zurück.

Eine Stunde oder zwei vergingen. Ich blieb reglos auf dem Hotelbett sitzen. Mein ganzer Körper vibrierte vor Anstrengung.

Irgendwann gewahrte ich die beruhigend flackernden Novembernachtlichter vor dem Fenster. Die verzerrten Schatten von Gegenständen im Hotelzimmer. Ich quälte mich vom Bettrand, duschte und nahm den Fahrstuhl hinab zum Restaurant.

Der Raum war fast leer. Ich genoss es, mich ganz dem Abendessen und meinen Gedanken zu überlassen. Inmitten meiner Erschöpfung wurde mir klar, dass ich mich unvermutet in einer Geschichte befand, die davon handelte, was bleiben könnte, wenn fast alles vorbei war.

Ich stellte mir vor, dass der Mann am Tisch neben dem Eingang mich nach dem Grund für mein Hiersein fragen würde. Immer hatte ich mir auf diese Weise Gesprächsanlässe erfunden. Es war dann, als ob sich der wirbelnde Staub aus Gedanken, Bildern, Assoziationen, Emotionen wenigstens für einen Moment in mir legte. Für einen Augenblick durfte ich mich meines Daseins vergewissern.

Und ich erzählte ihm, dass ich heute 22 Kilometer zu Fuß gegangen war. Die erste Etappe. Und dass dies ein Versprechen war, das ich meinem Vater auf dem Sterbebett „der hübschesten Irrenanstalt Deutschlands" gegeben hatte. Das Versprechen, seine Bilder, 84 Aquarellzeichnungen, in einer schwarzen Mappe nach Heidelberg in die Sammlung von Hans Prinzhorn zu bringen.

Dort hatte sich Prinzhorns Traum von einem Museum nur für Werke geistig erkrankter Menschen 2001 endlich erfüllt. Seitdem war ein Teil der über 40000 Arbeiten umfassenden Sammlung in einem ehemaligen Hörsaalgebäude der Heidelberger Universität untergebracht.

Es war ein Traum meines Vaters, nach seinem Tod mit seinen Bildern ein Teil dieser Sammlung zu werden. Und ich hatte ihm versprechen müssen, den ganzen Weg vom Bodensee, wo er einen großen Teil seines Lebens verbracht hatte, nach Heidelberg mit seinen Bildern im Gepäck zu Fuß zurückzulegen. So wie er das als junger Mann, einer großen Liebe wegen, auch getan hatte. Das Verhältnis zwischen mir und meinem Vater war nicht immer ganz einfach gewesen. Deshalb war ich erleichtert, auf diese Weise eine diffus empfundene Schuld abtragen zu können.

Mein Vater war bereits kurz nach seiner Pensionierung als Studienrat verhaltensauffällig geworden. Nach dem Tod meiner Mutter vor achtzehn Jahren hatte er mehrfach versucht sich umzubringen. Er versank in schweren Depressionen. Das Haus verkam zusehends. Das ging einige Jahre so. Schließlich beschwerten sich die Nachbarn.

Die Behörden wurden aufmerksam. Schweren Herzens stimmten mein Bruder und ich der Einweisung in eine psychiatrische Klinik zu.

In uns lebte damals noch das Vorurteil, dass psychisch kranke Menschen einfach nur weggesperrt und mit Medikamenten ruhiggestellt wurden. Doch die Einrichtung in H., am westlichen Ufer des Bodensees, war eine Selbsthilfeeinrichtung für Menschen mit künstlerischen Ambitionen. Offenbar hatte mein Vater in der Psychiatrie angefangen zu malen. Ein Arzt war auf ihn aufmerksam geworden.

Und nach fünf Jahren in der psychiatrischen Klinik wechselte mein Vater in eine Selbsthilfeeinrichtung nach Stuttgart. Ich war dort einige Male zu Besuch. Künstler ganz unterschiedlicher Sparten lebten dort in einer Art offenen Atelier. Sie lebten und arbeiteten in einer Art von fast unsichtbarer Betreuung. Sie lebten in Würde.

Zum ersten Mal seit vielen Jahren konnte ich wieder mit meinem Vater reden. Von den Ärzten wusste ich, dass mein Vater malte. Doch er hatte mir nie eines seiner Bilder gezeigt.

Eines Tages schloss er sein Atelierzimmer für mich auf. Fußboden und Wände waren voller Aquarelle. Ich starrte verblüfft in ein Puzzle aus flirrendem Licht, in dem die tiefgründige Bläue des Himmels mit der schwarzen Fläche des Wassers wechselte. Der Schatten eines Vogels schneehell im graugrünen Widerschein der Luft schwebte. Der Schattenwurf einer Wolke silbrige Streifenmuster auf der Erde hinterließ. Ein tagheller Nachthimmel eine Stadt zum Schweben brachte…

Da hatte mir mein Vater zum ersten Mal von der Sammlung Prinzhorn in Heidelberg erzählt. Und er hatte mich ganz leicht an der Schulter berührt, und gesagt: *Danke. Ich hatte mich nur selbst verloren. Ich bin kein Bekloppter.*

Und er erzählte mir von dem Verein für Demokratie, den er nach seiner Pensionierung gegründet hatte. Weil er doch gesehen hatte, wie sehr man die Demokratie in Deutschland mit Füßen trat. Als wäre das etwas Selbstverständliches, an das sich längst alle so gewöhnt hatten, dass sie es nicht mehr wertschätzten. Er hielt Vorträge in Schulen und Bildungseinrichtungen. Besuchte sogenannte Problemviertel in Stuttgart und Frankfurt. Irgendwann fing er an, die Artikel des Grundgesetzes in Bilder zu übersetzen. Zu Kunst hätte doch irgendwann jeder einen Zugang, meinte er. Aber das war nicht der Grund. Etwas später erzählte er mir auch, dass man ihn eines Tages auf dem Nachhauseweg zusammengeschlagen hatte. Zwei oder drei Vermummte. Die hatten ihn als „Judensau“ beschimpft. Seinen Namen kannten sie. Er hatte sich nach Hause geschleppt und niemandem von dem Vorfall erzählt. Da hatte er mit seiner Grundgesetz-Serie begonnen. Ich hatte von all dem nichts gewusst.

Als ich nach diesem Besuch an einem späten Winternachmittag in meinem Auto saß, inmitten von schwindendem Licht, musste ich weinen.

Gedankenverloren sah ich auf. Der Mann am Eingangstisch war nicht mehr da.

Am nächsten Morgen war ich schon früh unterwegs. Ich lief durch Nebelland. Die weißen Nebel schimmerten, als hätten sie Licht aufgesogen. Unter der verhangenen Sonne ging ich. Wie über ein weites sich in zerdehnter Bewegung befindendes eisgraues Meer. Es war, als wäre ich eine Figur in einem der Aquarelle meines Vaters. Über google maps hatte ich mir Wege abseits der stark befahrenen Straßen vorschlagen lassen. Wege, von denen ich vermutete, dass auch mein Vater sie damals gegangen war. Und ich konnte mir die Geschichten in Erinnerung rufen, die mir mein Vater in den letzten Monaten vor seinem Tod erzählt hatte.

Ich besuchte ihn in der Stuttgarter Einrichtung etwa zweimal im Monat. Via Skype hatte mein Bruder, der in Norwegen lebte, an diesen Begegnungen teilnehmen können.

Die Sammlung Prinzhorn war für meinen Vater zur Obsession geworden. Mit einigen der Künstlerinnen und Künstler vor Ort war er sogar mit der Bahn nach Heidelberg gereist. Wie ich erst viel später erfahren sollte, hatte er da bereits alles, was seinen künstlerischen Nachlass anging, arrangiert. Und er erzählte mir begeistert von der Idee eines Living Museums in Baden-Württemberg. Das sollte ein Museum werden nur für Kunst von Menschen mit psychischen Problemen. Wenn man das Grundgesetz ernst nähme, erklärte er mir, dann sei es doch für alle Menschen gemacht.

Der Weg folgte jetzt einem Flusslauf. Während sich der Himmel über mir allmählich in ein leuchtendes Grau verwandelte, hatte ich das Gefühl, dass mir mein Vater mit dieser Wanderung eigentlich ein Geschenk gemacht hatte. Mit jedem Schritt spürte ich, dass sich etwas in mir zu lösen begann. Und dass die Erinnerung an die Gespräche mit meinem Vater in mir eine ganz neue Wahrnehmung auslöste.

Hans Prinzhorn, hatte mein Vater mir erzählt, war Mediziner und Kunsthistoriker. Die Suche nach dem Unbewussten in der Kunst war seine eigentliche Profession. Umso glücklicher war er, als man ihn 1919 nach Heidelberg an die Universität berief. 1922 erschien sein bahnbrechendes Werk „Bildnerei der Geisteskranken“, das die Malerei aus der Psychiatrie vorstellte. Prinzhorn hatte an alle Heilanstalten in Deutschland geschrieben. Auf diese Weise hatte er über 5000 Werke von psychisch kranken Menschen zusammengetragen. Von Anfang an beherrschte ihn der Traum, das erste Museum weltweit für die Kunst Geisteskranker zu gründen. Kaum jemandem war bewusst, dass nicht wenige der Insassen teils 50 Jahre und mehr in den Anstalten verbracht hatten. Dass sie in der künstlerischen Betätigung ihr Leben und Überleben in der Anstalt verarbeiteten. Oft verweigerte man ihnen die Malutensilien. Ganz zu schweigen von anderen Materialien.

So entstanden viele Kunstwerke auf Toilettenpapier, auf Pappdeckeln oder in Kleidung eingestickt. Zwar verließ Prinzhorn Heidelberg 1922, seine Sammlung aber blieb. Die Patienten durften kein Eigentum besitzen. Er sorgte dafür, dass zumindest ihre Kunst überdauerte. Und damit ein Teil ihrer menschlichen Würde. In Heidelberg bewahrte er zudem über 4000 Patientenakten auf.

Es ist merkwürdig, hatte mir mein Vater erzählt. Lange vor dem Ersten Weltkrieg hatten die Patienten erkannt, dass die Welt da draußen aus den Fugen geraten war. Sie hatten den Krieg vorausgedeutet. Sie hatten sich die Frage gestellt: Wer sind die Wahnsinnigen? Wir, die hier eingesperrt sind, oder die da draußen?

Hans Prinzhorn starb 1933 in München an Typhus. Es ist einer perfiden Volte der Historie zu verdanken, dass seine Sammlung die NS-Zeit überdauerte. Die Nationalsozialisten diffamierten die Heidelberger Sammlung als Kunst der Irren und zeigten sie in einer Wanderausstellung als entartete Kunst. 1945 umfasste die Sammlung

6000 Arbeiten von 485 Patienten. Heute sind es über 40000 Arbeiten. Und das Buch von Hans Prinzhorn wurde zu einer Art Bibel für die Surrealisten.

All die Jahre, in denen mein Vater so beharrlich geschwiegen hatte, ließen sich nicht einfach rückgängig machen. Doch ich war froh über seinen Redeschwall, der auch mir eine Welt eröffnete, über die ich früher nie nachgedacht hatte.

Am Mittag erreichte ich H. Ich setzte mich in ein Café am Marktplatz. Mein Körper schmerzte. Das viele Laufen war ungewohnt für mich. Doch ich hatte Glück. Es waren stille und sonnige Novembertage.

Bevor ich aufgebrochen war, hatte ich alle 84 Bilder meines Vaters fotografiert. Er hatte für jedes Jahr seines Lebens ein Bild gemalt.

Dazu kam die Serie von Lithografien über die Artikel des Grundgesetzes.

Sein Projekt, wie er mir schmunzelnd verraten hatte. Vielleicht würde es mein Projekt sein, zu jedem seiner Bilder etwas zu schreiben. Als gescheiterter Schriftsteller, wie mein Vater mich in seiner direkten Art immer bezeichnet hatte, sollte mir das leichtfallen.

Ob er mir diese letzte Reise zugetraut hatte? Vermutlich nicht. Es würde mich nicht wundern, wenn er die Originale seiner Bilder längst nach Heidelberg geschickt hätte. Und ich würde in meinem Rucksack nur die Kopien mit mir herumtragen.

Mir gegenüber, an der Fensterfront des Cafés, saß eine ältere Frau. Sie trug eine dunkle Brille und ein Kostüm wie aus den dreißiger Jahren des letzten Jahrhunderts. Anfangs hatte ich mich darüber geärgert, wie unverhohlen sie mich anstarrte. Erst an der Art und Weise, wie sie in ihrer Kaffeetasse rührte, bemerkte ich, dass sie blind war. Die Frau erinnerte mich in ihrer leisen Art der Gestik und im frühmorgendlichen Licht des Cafés an meine Mutter.

Malvenblass lagen ihre Hände auf der grüngrauen Lasur des Kaffeehaustisches. So, als würde sie auf jemanden warten. Hatte mein Vater nicht genauso ein Bild gemalt?

Meine Mutter war vor vielen Jahren an Krebs verstorben. Ich musste daran zurückdenken, wie mein Vater daraufhin den Halt verloren hatte. Niemand, auch wir nicht, hatten ihm helfen können. Erst, als er angefangen hatte, zu malen, fand er zurück in die Welt.

Auf einmal hatte ich es eilig, mich wieder auf den Weg zu machen. Ich hatte die Zimmer auf meiner Reise alle vorab gebucht, um mich unter Druck zu setzen. Vor mir lagen an diesem Tag noch zwölf Kilometer.

Ich lief durch ein bleiernes, schwankendes Licht. Jederzeit hätte es umschlagen können ins Schwarzfarbene, in dem der milchweiße Dunst, wie er jetzt in den Hügeln zu meiner Seite schwebte, nur noch eine Erinnerung war. Das war ein Motiv, wie es in den Aquarellen meines Vaters immer wieder auftauchte.

Ich lief und lief. Die kahlen Felder standen im Gegenlicht. Der Novemberhimmel spiegelte sich in einem Fluss. Im Rhythmus des Gehens schien die Landschaft jede Stofflichkeit zu verlieren. So wie auf den Bildern meines Vaters. Ich hatte vergessen, wie schön das alles sein konnte.

Das Bild der Frau im Café ließ mich nicht los. Und dann fiel mir ein, woran es mich erinnert hatte. Es war ein Bild. Das Porträt von Else Blankenhorn. Mein Vater hatte es mir bei einem meiner Besuche gezeigt. Else Blankenhorn war eine der ganz wenigen Frauen, die damals in der Sammlung Prinzhorn vertreten waren. Prinzhorn wollte immer ein Buch über sie schreiben, aber dazu war es nie gekommen.

Else Blankenhorn, die aus einer sehr einflussreichen und wohlhabenden Müllheimer Familie stammte, kam aufgrund von Erschöpfungszuständen 1902 zum ersten Mal in das Privatsanatorium Bellevue in Kreuzlingen am Bodensee. Nachdem sie eine kurze Zeit in Heidelberg und dann auf dem Weingut ihrer Großmutter in Müllheim gelebt hatte, kehrte sie nach dem plötzlichen Tod ihres Vaters und ihrer Großmutter im psychischen Ausnahmezustand 1906 nach Bellevue zurück. Sie hatte ein eigenes Atelier, stickte, schrieb, übersetzte und zeichnete. Die Sammlung Prinzenhorn besitzt über 450 Werke von ihr. Sie lebte scheu und zurückgezogen. Nur am frühen Morgen, wenn noch alles schlief, ging sie in den Garten des Sanatoriums. Ernst Ludwig Kirchner, selbst Patient in Bellevue, sah ihre Bilder 1917, und war tief beeindruckt. Er bezeichnete ihre Bilder als traumhaft-visionär:

Die Farben sind mit einer fast unglaublichen Feinfühligkeit nebeneinandergesetzt, rein und stark, nur dem Gefühl entspringend, spotten sie jeder akademischen Lehre.

Else Blankenhorn hielt sich für die Ehefrau Kaiser Wilhelms. Sie entwarf über hundert Geldscheine für verstorbene Liebespaare. Ihre ganze Malerei war eine Art Sehnsuchtsprojekt, über das Kirchner urteilte: *Ich staune, welche Kräfte durch Krankheit manchmal freigelegt werden.*

1919 wurde Else Blankenhorn auf die Reichenau verlegt. Ein Jahr später starb sie nach einer Krebsoperation im Alter von 47 Jahren.

Erst mit Beginn des neuen Jahrtausends wurde ihre Kunst wiederentdeckt.

Das, was sie mit meinem Vater gemeinsam hatte, war die Tatsache, dass sie erst während ihrer Aufenthalte im Sanatorium begonnen hatte zu malen. Nachdem mein Vater mir von dieser Künstlerin erzählt hatte, sah ich mir einige Bilder von ihr im Internet an. Ich glaubte zu verstehen, was meinen Vater so an ihr faszinierte. Biografisch gesehen war es wohl der völlige Rückzug aus der Welt. Ihre Arbeiten selbst sprachen vom Innersten des Menschen. Vielleicht war das die Art meines Vaters, mir etwas zu zeigen, worüber er nicht offen sprechen konnte.

Als ich eine Weile darüber nachgedacht hatte, musste ich laut lachen über meine „Begegnung“ mit Else Blankenhorn im Café.

Auf meiner Wanderung begegnete ich kaum Menschen. Ich sah sie nur aus der Ferne. Mein Körper schmerzte. Die Versuchung war groß, im nächsten Ort einfach in den Zug zu steigen und einen Teil der Reise auf bequeme Art und Weise zu überbrücken. Aber das wäre mir wie ein Verrat an meinem Vater vorgekommen. 229 Kilometer. 53 Stunden. So hatte ich mir die Route ausrechnen lassen. In zehn bis zwölf Tagen gut zu schaffen. Meine Frau und meine Freunde hatten gelacht, als sie von meinem Vorhaben hörten. Sie hielten das für eine späte Rache meines Vaters. Ich wusste nicht was schwerer wog: das Gewicht der Bildermappe auf meinem Rücken, oder das eigene Gewicht, das mich gerade an Steigungen oder Gefällstrecken schier hinabzuziehen schien.

Am Abend des dritten Tages kam ich am späten Nachmittag in A. an. Noch immer war ich kurz vor dem Aufgeben, so sehr schmerzten Beine und Rücken. Von den Blasen an den Füßen erst gar nicht zu reden. Wenn ich abends auf meinem Hotelbett lag, rauschte es in meinen Ohren. Ansonsten geräuschlosen Wellen gleich kehrten die Bilder des Tages in meinem Kopf zurück. Doch es war, als hätten sie jede Stofflichkeit verloren. Manches kam wie ein vorüberfliehender blendender Schimmer. Dann wieder wurde es so hell, dass alles dahinter unsichtbar wurde. Als wäre ich den ganzen Tag durch cin stilles leeres Land gegangen. Wenn ich dann aufstand, sah ich gerade noch die Schatten der Abendwolken vor dem Fenster. Die blätterlosen Bäume schwiegen.

Ich hatte mir angewöhnt, abends auf dem Hotelzimmer die Bilder meines Vaters auf dem Tablet anzusehen. Wenn ich sie einmal der

Sammlung übergeben hatte, würde ich sie nicht mehr sehen können. Es waren immer nur einzelne Motive oder Farbeindrücke, die mich innehalten ließen: Die Bilder schienen in eigenartiger Weise meine eigene Wahrnehmung auf dieser Wanderung zu reflektieren. Oder lag es nur daran, dass eine Art übersteigerte Sensibilität meinen Vater Dinge sehen ließ, die andere nicht sahen?

Abends sprach ich am Telefon mit meinem Bruder darüber. Er kannte die Bilder ja auch. Ich beschrieb ihm das matte arktische Licht, das ich auf manchen Bildern wahrzunehmen glaubte. Licht, das davon erzählte, wie still und leer es geworden war. Licht, das von der Lust erzählte, in glücklichen Augenblicken etwas zu machen, in dem sowohl die Welt als auch man selbst auf geheimnisvolle Weise anwesend waren. Die Motive spielten dabei eine untergeordnete Rolle. Ganz gleich, ob das glasige Meer, ein verlassener Fluss im Licht, leere Fensterhöhlen oder in der Ferne taumelnde Falter. Das alles war am Rande der Sichtbarkeit gemalt. Je länger ich die Bilder betrachtete, desto mehr rührte es mich zu Tränen.

In dem Maße, in dem sich mein Vater uns geöffnet hatte, begriff ich, wie gut ihm die Einrichtung getan hatte. In den Gesprächen mit den behandelnden Ärzten hatten diese mir erzählt, wie sehr sie auf eine Gestaltung der Beziehung zum Patienten Wert legten. Sie wollten Menschen mit psychischen Erkrankungen sichtbar machen. Kunst verstanden sie als therapeutisches Werkzeug, das den Patienten helfen sollte, persönliche Krisen zu bearbeiten und zu bewältigen.

In einer Art offenem Atelier konnten sich die Kunstschaffenden unter Anleitung von bildenden Künstlerinnen und Künstlern zusammenfinden, um mit Farben, Stilen und Materialien zu experimentieren. Es ginge um die Kunst, nicht um die Krankheit, erklärten sie mir. Manchmal seien Stift und Zettel der einzige Weg, um mit den Patienten überhaupt in Kontakt zu treten. Das Malen ließe meinen Vater ganz ruhig werden. Kunst könne zur psychischen Genesung führen. Viele der Patienten könnten auf diese Weise ein in Teilen selbstbestimmtes Leben führen. So würde aus Verzweiflung Kunst.

Inzwischen war es Nacht geworden. Ich verschickte Impressionen meiner heutigen Etappe an meine Familie. Wortlos.

Mitten in der Nacht weckte mich ein Klopfen an der Tür. Schlaftrunken stolperte ich aus dem Bett. Ich horchte. Nichts. Vielleicht hatte ich nur geträumt. Gerade als ich mich abwenden wollte, klopfte es wieder. Eher zögerlich, fast tastend. Entschlossen öffnete ich die Tür. Da war niemand. Doch am Ende des Hotelflurs verwirbelte das diffuse Licht der Nachtbeleuchtung. Schmale Schattenstriche, in der Luft Spuren eines sich verflüchtigenden Parfüms. Ich ging zurück ins Zimmer.

Ein Bild meines Vaters fiel mir ein. Fast konturenlose Schattenstriche, die eine Figur im Innern eines Gebäudes andeuteten. Mein Vater sprach nie über seine Bilder. Er hatte sie mir ja auch erst kurz vor seinem Tod gezeigt. Jetzt aber war es so, dass ich gerne mit ihm über seine Werke gesprochen hätte. Einmal hatte mein Vater zu mir gesagt: *Manchmal ist mir, als wenn ich in einer ganz anderen Welt wäre.*

Er hatte das nicht näher erklärt. Damals war er noch in der Psychiatrie in H. Meist sprach er gar nicht, wenn ich ihn dort besuchte.

Ich fiel in einen unruhigen Schlaf.

Geradezu verkatert saß ich am nächsten Morgen im Frühstücksraum.

Mir war schleierhaft, wie ich die nächste Etappe nach B. schaffen sollte. Zu allem Überfluss war der Himmel an diesem Tag grau verhangen. Es sah nach Regen aus.

Doch dieser Abschnitt meiner Tour verlief ganz anders als erwartet. Die Furcht vor dem Regen, der dann doch ausblieb, trieb mich zu ungeahntem Tempo. Mein Hotel erreichte ich bereits am frühen Nachmittag.

In den nächsten Tagen kam ich gut voran. Obgleich sich das Wetter zunehmend eintrübte. Die Tage wurden immer kürzer. Die Temperaturen fielen. Ich erreichte Hechingen. Mossingen. Rottenburg am Neckar. Calw. Und schließlich Pforzheim. Meist kam ich in meiner Unterkunft an, bevor die kalte Luft dämmrig wurde.

Die Bilder meines Vaters, die ich abends in meinen Hotelzimmern betrachtete, schienen meine Wanderung auf unsichtbare Weise zu begleiten. Ich hatte das Gefühl, Landschaften und Motive und Menschen auf den Bildern gesehen zu haben. So wurden meine Abende im Hotel zu einem stummen Dialog mit meinem Vater. Und wenn ich dann am nächsten Morgen loslief, war ich neugierig auf das, was mich erwartete.

Am Abend meiner vorletzten Etappe von Pforzheim nach Bruchsal hatte ich mich noch einmal intensiv mit der Sammlung Prinzhorn beschäftigt.

Ich erinnerte mich, dass mein Vater mir bei unterschiedlichsten Begegnungen immer wieder Bilder von einer Künstlerin gezeigt hatte, ohne dass er sie kommentierte. Offenbar war es ihm wichtig, dass ich sie sah. Ich brauchte eine Weile, um mich an ihren Namen zu erinnern: Elfriede Lohse-Wächtler. In vielen Porträts hatte sie den Alltag ihrer Mitpatienten festgehalten. Bis tief in die Nacht versuchte ich ihre Geschichte zu rekonstruieren.

Zwangsläufig führte das zu einem Zustand, der mich am nächsten Morgen im Frühstückssaal den Eindruck gewinnen ließ, die Dinge um mich herum hätten jede Stofflichkeit verloren.

Vor den Fenstern standen Rhomben vom bleichen Himmel. An den Wänden, die dicht mit Porträts behangen den Saal begrenzten, tauchten sich im Unbestimmten verlierende Flecken auf, und verschwanden wieder.

Nach dem ersten Kaffee hatte ich das Gefühl, in einer wunderbar wattierten Fabelwelt aufgewacht zu sein. Die anderen Gäste saßen im Raum wie bleichsüchtige Wesen. Vielleicht war der Raum auch leer.

In diesem merkwürdigen Zustand machte ich mich nach dem Frühstück auf den Weg. Ich stellte mir vor, die Kellnerin, die in dem matten arktischen Licht des Speisesaals zwischen den Tischen und Stühlen hin- und hergegangen war, würde mich ein Stück begleiten. Während ich durch das milchige Licht des Novembermorgens lief und die letzten Häuser allmählich hinter uns zurückblieben, erzählte ich ihr die Geschichte von Elfriede Lohse-Wächtler. Und mir wurde klar, dass ich die Geschichte meines Vaters erst jetzt zu verstehen begann.

Inzwischen hatte ich für meine tägliche Etappe einen regelrechten Rhythmus gefunden. Das Gehen fiel mir ungleich leichter als noch in den ersten Tagen. Auf den Feldern glitzerte der Tau wie kristallener Schnee. Ich war heute so früh unterwegs, dass über dem Flussufer und dem Horizont noch ein violett schimmernder Dunstschleier hing. Tief in Gedanken versunken mühte ich mich, die Bruchstücke der Geschichte in meinem Innern zusammenzusetzen.

Als ich die Bilder Elfriede Lohse Wächtlers das erste Mal gesehen hatte, war ich überwältigt von ihren emotionalen Porträts von sozialen Außenseitern, Prostituierten und Bettlerinnen. Menschen am Rande der Gesellschaft. Die größte Anzahl ihrer Bilder war 1929 nach ihrem Nervenzusammenbruch und ihrer Einweisung in die Staatskrankenanstalt Friedrichsberg in Hamburg entstanden. Zeichnungen und Pastelle von ihren Mitpatienten. Schonungslose Selbstbildnisse. Und nach ihrem zweimonatigen Aufenthalt Bilder vom Hamburger Hafen. Vom Milieu der Arbeiter und Prostituierten.

Der geregelte Alltag in der Nervenheilanstalt, die Ruhe und die regelmäßigen Mahlzeiten gaben ihr den Halt, den sie in ihrem Leben seit einigen Jahren nicht mehr hatte.

1925 war sie ihrem Mann, dem Opernsänger Kurt Lohse, ein Freund von Otto Dix, nach Hamburg gefolgt, obwohl sie bereits getrennt waren. Lohse war an Tuberkulose erkrankt, sie blieb an seiner Seite, um ihn zu pflegen. Doch Lohse hatte bald eine andere Frau. Schließlich führten die ständige Untreue ihres Mannes, mehrere Abtreibungen und die zermürbenden Ehestreitigkeiten zu ihrem Zusammenbruch.

Wenn ich mich an ihre Selbstbildnisse erinnerte, dann erinnerte ich mich vor allem an ein sichtbar werdendes Leiden und einen allmählichen Verfall. Zeitweilig lebte sie sogar in bitterster finanzieller Not als Obdachlose in St. Pauli. Dass sie in dieser Zeit trotz bedrückender Alltagssorgen, Einsamkeit und Armut weitermachte, war etwas das meinen Vater, als er mir davon erzählte, offenbar tief bewegt hatte. Er sagte mir, dass *die Frau,* so nannte er sie in einer anderen Zeit zweifellos überlebt hätte. Vielleicht den ihr zustehenden Erfolg gehabt hätte. Und das sei ja gerade das Wesen der Demokratie, solchen Menschen zu ihrem Recht zu verhelfen. Ihnen eine Stimme zu geben. Und sei es fast hundert Jahre später.

Die Landschaft, durch die mich meine Schritte trugen, stand in merkwürdigstem Kontrast zu den Bildern, die ich in meinem Innern bewegte. Dunkelruhige Flächen wechselten jenseits des Flusses mit der ausgeblühten Hügellandschaft, die still im aufgehellten Vormittagslicht lag. Das Laufen erfüllte mich mit einem eigenartig flirrenden Glücksgefühl. Es war viel mehr als meinem Vater seinen letzten Wunsch zu erfüllen.

Letztendlich war wohl die ganze Ehe mit Lohse ein Missverständnis.

Sie hatte ihn 1921 geheiratet. Mit 16 hatte sie ihr Elternhaus verlassen. Ihre Eltern wollten nicht, dass sie Malerin wurde. Sie besuchte die Kunstgewerbeschule. Sie gehörte der Dresdner Sezessionsgruppe um Otto Dix und Conrad Felixmüller an, trug Männerkleidung und Männernamen. Trotz ihrer ärmlichen Lebensverhältnisse war sie glücklich.

In Hamburg machten sie ihre Bilder bekannt. Doch sie lebte weiter in bitterer Not. Mitte des Jahres 1931 hielt sie es nicht mehr aus.

Sie kehrte in ihr Elternhaus nach Dresden zurück. Ihren Eltern blieb sie eine Fremde. Ratlos und auch selbst in finanzieller Bedrängnis ließen sie ihre Tochter 1932 in die Pflegeanstalt Arnsdorf bei Dresden einweisen. Dort diagnostizierten die Ärzte Schizophrenie.

Verzweifelt, inmitten all der Kranken eingesperrt zu sein, bat sie um Entlassung. Noch malte sie weiter. Sie hielt das Anstaltsleben um sie herum fest.

Die Scheidung, die ihr Mann, der inzwischen mehrere Kinder mit seiner neuen Lebensgefährtin hatte, 1935 durchsetzte, besiegelte ihr Schicksal. Man entmündigte Elfriede Lohse-Wächtler. Im gleichen Jahr wurde sie im Krankenhaus Dresden-Friedrichsstadt aufgrund des nationalsozialistischen Erbgesundheitsgesetzes zwangssterilisiert. Vergeblich hatten sie und ihre Familie sich dagegen zu wehren versucht.

Ihre Schaffenskraft erlosch. All die Jahre zuvor hatte sie auch deshalb überlebt, weil sie alles, was ihr begegnete, in Kunst verwandeln konnte. Seelisch gebrochen, entmündigt und ihrer Persönlichkeitsrechte beraubt, verstummte sie.

Am 31. Juli 1940 wurde Elfriede Lohse-Wächtler in die Tötungsanstalt Pirna-Sonnenstein verlegt. Und noch am gleichen Tag im Rahmen des Euthanasieprogramms T4 in der Gaskammer ermordet. Die offizielle Todesursache lautete *Lungenentzündung mit Herzmuskelschwäche.*

Ein Grab existiert nicht.

Mein Vater hatte seine Erzählung über diese tragische Künstlerin damals mit einem Zitat von ihr beendet: *Ich allein weiß, wer ich bin.*

Am Abend vor meiner letzten Etappe lag ich noch lange wach auf meinem Hotelbett. Die Bilder und Gedanken der vergangenen Tage überfluteten meinen Kopf.

Mir war klar, dass mein Vater mit dem Zitat, das seine Erzählung abschloss, sich selbst gemeint hatte. Vielleicht war das auch ein Verweis auf all die Jahre, in denen wir uns nicht mit seiner Erkrankung auseinandergesetzt hatten. In denen wir es zugelassen hatten, dass man ihn wegsperrte. Dass er sich der Welt und uns entzog. Man kümmert sich viel zu wenig um die Menschen um einen herum. Selbst um die nicht, die einem ganz nahestehen. Mein Vater sagte, dass es schön sei, dass es die Demokratie in unserem Land und das Grundgesetz gäbe. Aber das mache doch alles nur Sinn, wenn wir das in unserem Miteinander auch leben würden. Das machte mich sehr betroffen.

Ich hatte meinen Vater noch nie so redselig erlebt wie in der Zeit, in der er in Stuttgart in der offenen Psychiatrie gelebt hatte. Dort durfte er Neigungen nachgehen, von denen wir nicht einmal gewusst hatten, wie wichtig sie ihm waren. Vor dieser Zeit erschien mir das ganze Leben in unserer Familie wie ein Kampf um Machtpositionen, verkrustete Strukturen und der vergeblichen Suche nach authentischer Liebe. Auf Augenhöhe war ich meinem Vater erst begegnet, als er mir seine Bilder zeigte.

Und nun trug ich die 84 Zeichnungen eingeschweißt und mehrfach ummantelt in einem Holzkastengestell auf meinen Rucksack geschnallt mit mir herum. Ihrer letzten Bestimmung entgegen, die darin bestand, dass andere Menschen sie betrachten würden. Dass diese Bilder vielleicht etwas in ihnen bewegen und aufschließen würden. So wie sie das in mir getan hatten.

In dieser Nacht im Hotel wurde mir klar, dass ich nicht mehr in mein altes Leben zurückkehren konnte.

Was man nicht erklären kann, davon muss man erzählen.

Vielleicht war das der Grund, warum ich, sobald ich mich auf den Weg gemacht hatte, in endlose innere Monologe verfiel, die ich nun sogar, auf der letzten Etappe meiner Wanderung, am Neckar entlang nach Heidelberg, aufzusprechen begann. Vielleicht hatte ich auch das Gefühl, dass ich ansonsten keine reale Anbindung mehr an das Gesehene besäße. Alle Menschen, die mir begegnet waren, erschienen mir wie gestrandete Reisende, die ich keinem realen Ort zuordnen konnte. Auch jetzt tauchten die Häuser und Dörfer zu beiden Seiten des Flusses auf wie staubige Relikte. Es schien, als verlören sich Landschaft und Stunde in Unwissenheit.

Betrachtete ich die Bilder meines Vaters, blieb in mir ein ganz ähnliches Gefühl zurück.

Die Gesichter der Menschen, denen ich begegnete, waren weiße Flecken. Wenn ich etwas sah, dann meist nur für die Dauer einiger Herzschläge, bevor es am Rande der Sichtbarkeit verschwand.

Davon zu erzählen, war eine Möglichkeit, es nicht verschwinden zu lassen.

Die Übergabe der Bilder an das Museum und meine Ankunft hatte ich im Vorfeld vereinbart.

Ich blieb zwei Tage in Heidelberg. So blieb mir ausreichend Zeit, die Sammlung Prinzhorn in der Heidelberger Universität anzusehen. Mich mit dem Gedanken vertraut zu machen, dass jetzt etwas zu Ende ging und etwas Neues beginnen würde. Besonders freute ich mich auf die Begegnung mit den Bildern Elfriede Lohse-Wächtlers, die das Museum erst 2021 hatte ankaufen können. In den Schriften, die die Ausstellung begleiteten, las ich, dass die Tatsache, all diese Kunstwerke hier sehen zu können, schon ein Akt gelebter Inklusion sei. Dass psychische Krankheiten nicht nur Störungen waren, sondern eine Form der Krisenbewältigung und Selbstvergewisserung, das war eine eher neue Erkenntnis. Die meisten Exponate, Gemälde, textile Arbeiten, Bücher und Hefte, Ölgemälde und Aquarelle, stammten aus der Zeit der Verwahrpsychiatrie.

Das war vielleicht auch der Grund dafür, warum ich mich am Abend nach dem ersten Rundgang durch die Sammlung so erschöpft und auf eine undefinierbare Weise schuldig fühlte.

Doch in der Nacht träumte ich wie noch nie zuvor. Die Traumbilder waren fremd und vertraut zugleich in ihrer gewohnten Eigengesetzlichkeit und der Überschreitung ästhetischer Konventionen. Ich hatte das Gefühl, mich durch die 84 Bilder meines Vaters zu träumen. So, als zwänge er mich dazu. Ich verlor dabei nie das Gefühl, mit dem Außen verbunden zu sein.

Als ich an meinem zweiten und letzten Morgen in Heidelberg erwachte, spürte ich, dass mein Vater gegangen war.

Zwingerclub

Von Mayjia Gille

Vor einer Woche trat Julius Mütze in den Verein für schottische Unabhängigkeit ein.

Es war es ein schöner Freitagabend, Nach einem spätsommerlichen Gewitter zeigte sich die Sonne noch einmal in großer Klarheit, bevor sie vor den Augen von Julius nach vier doppelten Whiskys unterging. Katte, Julius alter Schulfreund, ernannte ihn zum Präsidenten und verlieh ihm feierlich die blauweiße Anstecknadel. Julius Mütze hatte gehofft, diese neue Zugehörigkeit und Amtsaufgabe, würde etwas am alltäglichen Trott seiner Gedanken und Gewohnheiten ändern. Eine Woche war seitdem vergangen, es war wieder Freitag und er fühlte trotz des ehrenvollen Amtes unverändert die alte Einsamkeit und den Drang nach Whisky, als er pünktlich um drei Uhr, nach seinem gewohnten Mittagsschlaf erwachte.

Julius wollte sich zu Kattes Pub aufmachen und stieg in seine schiefergrauen Bundfaltenhosen. Sein Großvater, ein Bergmann der Saarländer Kohlegruben, hatte sie ihm vererbt, und mit den Hosen einige graue und braune Anzüge, die aufgrund der guten Pflege der Großmutter alle noch in Schuss waren, dazu noch eine Menge Edelsteine, Stalaktiten und ein paar Goldmünzen. Das war der stolze Besitz des Achtunddreißigjährigen. Seine blassen Hände, die erstaunlich klein wie Kinderhände waren, griffen nach schwarzen Lederschuhen, er rieb ausgiebig mit dem Ärmel darüber und band behutsam die feinen Schnürsenkel. Es waren seine besten und auch einzigen Schuhe, die er vor zwanzig Jahren im traditionellen Schuhladen von Kröpelin selbst gekauft hatte. Dem Laden stand im Dezember 1999 die Schließung, aufgrund einer Reno Schuhkette bevor, weshalb es mehrere Preisnachlässe gab und Julius sich einen Tag vor dem wirklich letzten Verkaufstag entschloss, erspartes Geld in Schuhe umzusetzen.

Mit feinen italienischen Herrenschuhen, für weniger als die Hälfte des Originalpreises, in das neue Jahrtausend zu laufen, fühlte sich für Julius damals triumphal an. Jedes Mal, auch heute, erinnerte er sich an diesen Tag, an dem das Leder an seinen Füßen auf der Straße klang. Ein feines weiches Klopfen der Sohle auf den Straßen Kröpelins, ehrbar, fast adelig, so kam es ihm vor. Allein das Bücken beim Schnüren des Schuhs verursachte ihm aber heute ein Ziehen in der Nierengegend, was in letzter Zeit des Öfteren aufgetaucht war. Er hielt in der krummen Schmerzhaltung inne und atmete tief durch.

Dabei fiel sein Blick auf das metallene blau weiße Fähnchen am Revers und erinnerte ihn an seine neue Ehrenaufgabe.

Betont gerade richtete er sich plötzlich auf, als hätte ihm jemand ermahnend auf den Rücken geklopft, griff nach seinem Jackett, und trat in stolzer Haltung vor den kleinen ovalen Wandspiegel. Ausgiebig kämmte er das feine Haar aus der Stirn und sah recht zufrieden aus. Er nickte wie jeden Tag dem Türabtreter zu und stieg mit großem Schritt darüber.

Julius vergaß nie, seinen Schuhteppich zu grüßen, der ihm nicht wie ein Stück Stoff, sondern wie ein Freund erschien, der ihm betrunken oder nüchtern stets gelassen in die Wohnung ließ. Er war sicher, der kleine gelbe Strohvorleger, den er mal in Polen erstanden hatte, sei es wert, keinesfalls betreten zu werden. Also grüßte er ihn auch heute laut und fragte nach seinem Befinden. Julius sprach stets mit den Dingen.

Diese Angewohnheit hatte er, wie seine Kleidung, von seinem Großvater, einem schlesischen Kartoffelbauern geerbt, bei dem Julius bis zu dessen Ableben, seine Kindheit und Jugend verbrachte.

Julius ging mit Vorliebe spät abends spazieren. Es ergab sich in manchen Straßen eine recht gute Konversation mit Mülleimern. Runde Metallbehälter, deren Deckelgriffe wie lange Nasen geformt waren. Diese alten Tonnen mochte er und die Anwohner waren es seit Jahren gewöhnt, Julius scheinbare Monologe vor ihrem Haus zu hören. Julius sprach nie besonders laut, weshalb es niemanden wirklich störte. Überhaupt sprach er stets freundlich mit den Dingen und fragte sie dies und das. Auch wenn die Antwort nach außen kaum ersichtlich oder gar hörbar war, fühlte Julius sich in einem verständigen Dialog mit den Dingen. Redete aber ein Mensch mit ihm, verfiel er eher in Schreckstarre und atmete, wenn er angesprochen wurde, erst lange durch die Nase, bevor er einen Satz begann. Außer bei Katte. Mit Katte konnte er durchaus entspannt sein.

Zu Katzen oder Hunden oder Vögel allerdings, hatte er eine weniger sprachliche Beziehung als vielmehr eine magische, die durch eine stille Geste passierte. Wenn er sich zu irgendeinem Getier einfach nur hinunter beugte oder zu einem Fensterbrett oder Baum hinaufzog, und die Hand ausstreckte, wurde jedes Tier still und schmiegte sich an ihn. Weil auch das an den Einwohnern von Kröpelin nicht vorbei ging, vertrauten so manche Einwohner ihm für ihre Urlaubszeiten ihre Haustiere an.

Julius genoss überhaupt im Ort weitgehend Vertrauen, trotz seiner Vorliebe für Schnaps und seiner offensichtlichen Arbeitslosigkeit, die nach Aussagen einer Dame des Amtes, langzeitlich war und er als unvermittelbar eingestuft wurde. Das verschaffte Julius Zeit. Viel Zeit und er hatte einen großen Willen, seinen sinnvollen Beitrag für die Dorfgemeinschaft zu leisten.

Seine schmalen Schultern und seine Kinderhände waren zwar noch nie für grobe Arbeiten und Lasten geeignet, dennoch verhielt er sich zu allen Menschen über die Maßen hilfsbereit und wollte mit anpacken, wo es nur ging. Mit der hartnäckigen Eigenschaft zufällig genau da zu sein, wo Hilfe nötig war, kam er so zu Rang und Namen, was weder seine mindere Schulbildung noch die in Jugendtagen aus gesundheitlichen Gründen abgebrochene Maler- und Lackier- Lehre, verhindern konnten.

Er sammelte förmlich Ehrenämter und diverse Ernennungen. Seine Nähe zum Alkohol, seine innere Unruhe, die tägliche Herumschlenderei verhalfen ihm dazu und sein Müßiggang verhalf ihm dort zu sein, wo es brannte. Und dies buchstäblich.

Neulich wurde er, nach einigen Bränden der ehemaligen Werksanlage, deren Feuer er frühzeitig meldete, und das er nur deshalb frühzeitig melden konnte, weil er mal wieder nachts am Dorfhain betrunken entlang schlich, zum Katastrophenbeauftragten der Freiwilligen Feuerwehr Kröpelin ernannt.

Ebenso zu deren Grillmeister, denn im Rausch nickte er bereitwillig dieser vom Brandmeister Frank gestifteten Idee zu. Es bedeutete für Julius, wöchentlich in den Sommermonaten für Bierfässer, Würste und Steak zu sorgen, wobei die Feuerwehr ihn ordentlich mit Finanzen ausstattete und beim Einkauf somit immer etwas für ein Fläschchen Schnaps übrigblieb.

Weil Julius kaum sprach, und man nie erkennen konnte, woran und ob er überhaupt nachdachte, wirkte er gutmütig. Sein schmaler Körper trat nie in Konkurrenz zu Männern an, und das löste auch bei den Männern der freiwilligen Feuerwehr einen Schutzinstinkt aus.

Der nun frisch gebackene Unabhängigkeitskämpfer, lief also an diesem Freitagnachmittag wie immer friedlich durch sein Heimatörtchen, eine Woche nach Ernennung zum Präsidenten, was ihm in jeder Minute bewusst war. Kattes Pub lag auf der Anhöhe der Kirchstraße, was Julius für eine Verschnaufpause nutzte, um über die Dorfdächer zu schauen. Im warmen ockerfarbenen Licht der Nachmittagssonne, erschienen ihm die Häuser wie Zepterquarz. Julius fühlte sich wie ein Schatzsucher auf dem Mount Malosa, von dem Großvater ihm erzählte. Mit einem Seufzen über die Schönheit seines Heimatortes, setzte er seinen Weg fort, schob wenige Minuten später die Salontür zu Kattes Pub auf und setzte sich an die Bar.

Katte war heute nicht besonders gut gelaunt, er setzte sich zu seinem Schulkameraden Mütze, wuchtete laut zwei Bierkrüge auf die Theke, prostete Julius zu, dann tranken sie beide einen langen Schluck, stöhnten zufrieden auf und schwiegen vor sich hinstarrend eine ganze Weile. Ein stilles Verständnis war zwischen den beiden, bis die Kirchturmglocke halb fünf schlug und Julius unruhig auf seinem Hocker wurde. „Ich muss noch in den Schulen dann das Werbematerial verteilen, also für den Verein“, sagte er, legte einige bunte Plakate und Flyer auf den Tisch, die auf eine literarische Veranstaltung in Bad Doberan hinwiesen.

Schottische Mythen und Sagen, gelesen von einem regionalen Autor mit anschließender Whiskyverkostung, stand auf den Papieren. Darunter ein Foto von sich zuprostenden Männern in Lederjacke hinter Mikrofonen. Katte nickte wohlwollend.

Dass Julius Mütze nun eben plötzlich auch Vereinsvorsitzender wurde, verdankt er Katte, seinem aus Schottland heimgekehrten Freund und ehemaligen Klassenkameraden.

Katte ernannte Julius, den er nur „Mutti Mütze“ nannte, weil Julius früher bei Klassenkeile so gut wie immer „Mutti, Mutti!“ rief, zum Vorsitzenden des Scottish independence der first Dependance Germany Kröpelin, aus Ermangelung an weiteren Mitgliedern. Die vier, bereits vor zehn Jahren eingetretenen Vereinsmitglieder, bestanden aus Kattes Eltern und Großeltern, die vor wenigen Jahren kurz hintereinander verstarben. Da nun weiterer Mitglieder ausstanden, um die Vereinszahl wieder zu vervollständigen, wurde „Mutti Mütze“ nicht nur zum Vereinsvorsitzenden gewählt. Er wurde ebenso zum Kassenwart, und zum „New Business Manager“ ernannt. Letztere Aufgabenbezeichnung war zwar weder Katte, noch Julius so recht klar, aber Katte mochte es „en vogue“ zu sein und für Julius klang es gut nach der weiten Welt, in der er noch nie war.

Für Katte war Julius außerdem in seiner neuen Funktion ein Glücksfall, denn er wollte gern die Übersicht über alle Geschehnisse behalten und Entscheidungen ohne Widerspruch fällen. Er brauchte Julius, um lästige Arbeitsgänge zu erledigen, Unterschriften zu leisten, Flyer auszutragen und zur seelisch moralischen Unterstützung.

Allerdings fehlte, trotz des dreifach beauftragten Julius, immer noch eine weitere Person die für die Vervollständigung, notwendig war. Zur Belohnung des Beitritts, bekam Julius einen Gutschein „Alkohol for free“ bis zum Lebensende. Höchstpersönlich von Katte, der mit seiner Frau Simone und seinem Hund Trudi Gründungsmitglied war, auf einen Bierdeckel mit Unterschrift bestätigt.

Und um diesen erstmalig einzulösen, bog Julius nun eben heute, gegen fünfzehn Uhr zwanzig, nach einigen Smalltalks mit zerbeulten Mülltonnen, gut gelaunt in die kleine Straße zu Kattes Pub ein. Der kräftige Katte, der früher eigentlich nach Irland wollte, winkte ihn freudig herein. Er rollte sich die Ärmel seines blauen Hemdes hoch, kippte gekonnt den Hebel des Bierhahns, um die Gläser für sich und seinen Freund zu füllen, dann setzten sie sich an die Theke und prosteten sich zu. Schottland verbindet.

Als Kinder saßen Mutti Mütze und Katte, der zweimal sitzen geblieben war, auch schon nebeneinander in einer Bank und drückten in der Dorfschule am Mühlberg in Kröpelin die Schulbank bis zur Neunten. Katte verschwand allerdings von heute auf morgen aus Vorpommern, bevor er nach etlichen Jahren mit schottisch-deutschem Akzent im Ort wieder auftauchte.

Katte schwärmte als Jugendlicher eigentlich von Irland. Irish Folk stand auf seiner Schultasche. Nach Irland wollte er unbedingt. Einen Pub aufmachen. Eine Rothaarige heiraten. „Rothaarige, du weißt schon, die sind was Besonderes im Bett", erzählte er kurz vor seinem Verschwinden seinem Klassenfreund Julius, obwohl beide damals noch keinerlei sexuelle Erfahrungen hatten. Katte landete aber nicht in Irland, sondern, aufgrund von geographischen Unsicherheiten versehentlich in Schottland, weil er statt Dublin, Edinburgh buchte, in der Annahme diese Stadt gehöre nach Irland. Die Zuordnung der Hauptstädte war schon in der Schule für ihn problematisch.

An einem besonderen Wochenende, an dem seine Eltern ihn erstmalig allein zu Hause ließen, weil er gerade achtzehn geworden war, verpfändete er deren sämtlichen Schmuck und alle Wertgegenstände an einen nebulösen Italiener in Rostock, um sich das Flugticket leisten zu können. Später kaufte er dem italienischen Pfandleiher tatsächlich alles, bis auf ein bereits weiterverkauftes Armband der Mutter, zurück und gab es seinen Eltern. Katte landete also in Edinburgh und fand schon bald drei Schottenfreunde: den stets gut gelaunten Posaunisten Fred, Gregory, einen Whisky brennenden

Schiffsbauer und den alten Geiger Collin, mit Hut, den der Musiker selbst beim Schlafen trug.

Die drei feierten gerade sogenannten Junggesellenabschied am Strand der Westküste, an dem auch Katte die ersten Nächte mit einem Schlafsack campierte. Keiner der drei Schotten ging ernsthaft auf eine Hochzeit zu, der Junggesellengauditruppe war es vielmehr zur Tradition geworden, einen speziellen Abend so zu bezeichnen. Immer dann, wenn wirklich einer der drei Mal eine Frau kennenlernte, die dann Lady G von allen genannt wurde, was für Grace- Gnade stand, wollte man gemeinsam dieses Ende vom Single-Mann-Sein begießen. Man würde sich ja schließlich für ein paar Wochen nicht mehr in gewohnter Runde sehen. Lady G hatte ein Recht auf intime Gemeinschaft. Man wusste aber, dass es bei jedem der drei Männer nur für ein paar Wochen halten würde. Bisher scheiterten alle lovestorys und alle Lady G`S an der Innigkeit der Männerfreundschaft.

Über Katte waren sie begeistert, denn die drei hatten eine romantische „Goethe und Schiller" Vorstellung von Ostdeutschland. Und dann kam ihnen die treffende Idee. Sie wollten den aus dieser Tradition der Kultur kommenden Katte für die neue Bewegung der Scottish Independence in Germany gewinnen. Drei Tage lang, zwischen ein Uhr mittags und vier Uhr morgens, sprachen die Schotten über Patriotismus, Referendum, Freiheit und den Aufbau neuer Kneipen mit Schottenflair, was mit gehörigen Flaschen besten Whiskys begossen wurde. Es brauchte nicht viel Überzeugungskraft.

Kattes englische Sprachkenntnisse waren unterentwickelt, er nickte und lachte zu allem, fühlte sich in der Runde verstanden wie noch nie und unterzeichnete die Vereinbarung einer Gründung eines Vereins der Scottish Independence Dependance in Germany. Im Überschwang der Nächte heiratete er zudem, unter Einfluss eines feinsten Macallan, an einem Donnerstag, die brünette Simone aus Bad Doberan.

Sie saß irgendwann am Rande einer deutschen Reisegruppe in einem quietschgrünen, sehr engen Kleid an der Bar des Drovers Inn. Ihr Anblick ließ Kattes nicht in Ruhe und er sprach sie an. Sie wollte eben „auch mal was Schönes von der Welt sehen", antwortete sie Katte auf die Frage, was sie hier nach Schottland verschlage. Dabei sah sie Katte auf eine Weise an, dass ihm ganz warm wurde. Er antwortete, da müsse sie nur in den Spiegel schauen und betrachtete wohlwollend ihre ausladenden Hüften. In dieser Einigkeit und mit jedem Single Malt wurden Simone und Katte sich sympathischer. Sie unterhielten sich über die Wendezeit der ehemaligen DDR und dass jetzt solche tollen Reisen möglich wären. Nach nur drei Stunden des Kennenlernens, küssten sie sich und dann gegen Mitternacht zur Krönung des Abends, hielt Katte um ihre Hand an. Dabei warf er sich laut krachend auf die Knie, auf den Holzboden, bat sie weinend darum, seine Frau zu werden. Simones lautes JA wurde von johlenden Pub Gästen und dem wilden Gefiedel von Collin begleitet.

Das junge Paar entschied sich in den nächsten Tagen spontan für ein Handfasting Ritual. Zum symbolischen Verbinden ihrer Hände durch Tuch, malten sie mit Faserstiften, Likör und Erde die Wappen von Kröpelin und Bad Doberan auf ihre Stofftaschentücher.

Unter der Melodie von „O Flower of Scottland", die der Posaunist inbrünstig spielte, wurde das Hochzeitspaar in eine naheliegende Kapellenruine begleitet. Die Rede hielt der alte Geiger, der sich in Sonetten von Alex Montgomery erging und anschließend, wie ein Berserker auf seiner Geige die Saiten rupfte und dabei wild durch die Kapelle sprang.

Der anschließende gediegenere Kreistanz, integrierte sämtliche Bauern des Landstriches, nebst Gefolge, Kindern und Enkelkindern und kostetet das Brautpaar keinen Sterling. Die spontane Hochzeitsgesellschaft brachte alles mit, was es an Essen, Trinken und Blumenkränzen in den Haushalten der umliegenden Bauernhöfe gab. Aus dieser Festerfahrung und guter Laune heraus, berieten sich die Schottenfreunde mit Simone und ihrem neuen Ehemann, dass sie zukünftig nicht nur für die Unabhängigkeit werben sollten, sondern auch gute Wirte eines Pubs in Kröpelin sein könnten. Zunächst aber gingen Katte und Simone einige paar Jahre bei Gregory in die Whiskybrenner- Lehre, halfen in seinem Pub und auf seinem Hof mit, auf dem sie freie Kost und Logie hatten.

Erst 2014, als das Paar unter einem bislang unerfüllten Kinderwunsch doch allzu sehr litt, ermutigten die drei Schottenfreunde dazu, sich doch nun in Richtung Ostsee eine neue Zukunft aufzubauen.

Katte und Simone kamen somit nach Kröpelin zurück und gründeten Kattes Pub und auch die erste deutsche Vertretung der Independence for Scottland.

Diese Ungewöhnlichkeit, rief Nachahmer in Thüringen hervor. Germans for Scottish Independence, Anhänger dieser Bewegung, die sich für einem gemeinsamen Glauben an Gleichheit und soziale Gerechtigkeit in Schottland engagierten, trafen sich nun seitdem auch in einer thüringischen Kleinstadt. Rings um Kröpelin fanden Lesungen und Konzerte im Rahmen der Unabhängigkeitsbewegung statt, die Simone fleißig organisierte. Die Schotten unterstützten die Rückkehr des Paares nach Deutschland mit einer ordentlichen Mitgift. Als Erstausstattung für den Pub, orderten sie mehrere Fässer Ale und fünf Kisten edelsten Whisky, den sie im Spezialtransport nach Deutschland bringen wollten.

Es war für die drei schottischen Freunde vom Strand, trotz aller politischer Leidenschaft, eine willkommene Gelegenheit, sich nun auch in der Nähe schöner Ostseebäder, eine Wirkungsstätte zu sichern, in der man sich bedenkenlos mit Freunden in die Besinnungslosigkeit trinken und zu horrenden Preisen, Whiskey in alle Welt in Umlauf bringen könnte. Die angehenden Pubbesitzer Katte und Simone, kehrten zu einem Zeitpunkt in ihren Heimatort zurück, in dem es lediglich einen Fahrradverleih, einen Asia Imbiss, eine Bäckerei, ein Reno Schuhgeschäft und einen KIK-Einkaufsmarkt gab. Katte war damals ein gemachter Mann. Mit Frau und Anstecknadel für Unabhängigkeit. Wahlschotte. Das war etwas Besonderes, wenn es auch nicht irisch war. Es hatte etwas von „Che Guevara Flair“, wie Katte es nannte. Man baute den Pub unter Einsatz von Verwandten und Bekannten und polnischen Baufachleuten im ersten Stock eines halb zerfallenen Wohnhauses aus. Anfangs gab es in Kattes Pub noch Frühstück. Porridge, Haggis und

Shortbread, was Gäste aus aller Welt anzog. Doch nach wenigen Jahren wurde es der Arbeit zu viel und Kattes Pub öffnete nur noch ab 16 Uhr und servierte neben allen Getränken lediglich Fishn Chips und Kartoffelecken, was das Flair stark änderte und die internationalen Gäste blieben mehr und mehr aus.

Die Nähe zum Zapfhahn ließ den Suff in Kattes Leben zunehmen, es gab tägliche Streit mit Simone, die auch wegen ausbleibender Mutterschaft frustrierter wurde.

All das brachte Trübsal in die Ehe.

Um die Ehe zu retten, empfahl der ansässige Psychiater Dr Asendip, und einer der Stammgäste, ihr Leben doch besser mit Tieren zu bereichern. Katte schnitzte einen Katzentür in die Hauswand, doch es wollte auch keine Katze zulaufen. Also entschied man sich für Hunde. Zunächst kam Trudi ins Haus, nahm wie ein Kind Platz im Herzen ihrer Besitzer ein, wurde sogar im Testament bedacht und bereicherte nun das Miteinander.

In der Mitte des Raumes stellten Katte und Simone einen grosser Zwinger auf, damit ddie Riesendogge Anteil an allem Geschehen haben konnte. Schwerer roter Samt bedeckte das Gestell, damit Trudi ihre Ruhe hatte. Trudi sollte forever dabei sein, betonte Simone, die immer mal ein englisches Wort einflocht, um internationaler zu wirken.

Der Käfig, mit offener Tür, diente mit der Zeit auch als Ablage für Gläser, Kerzen, Rosenbestecke oder Teller mit Kartoffelecken. Schon als Welpe war Dogge Trudi so groß und schwer, wie ein vierjähriger Mensch war. 90/90, unübersehbar hingen die Zahlen gemalt auf einem lila Schild am Käfig, mit Ausrufungszeichen, was mehr als Witz gedacht war, denn Trudi war gutmütig und behäbig.

Sie nannten ihren Pub zu ehren ihres Tierkindes deshalb von Kattes Pub, in Zwingerclub um.

Die Dogge wurde mit der Zeit nikotinabhängig und fing an zu bellen, wenn keiner qualmte. Mit ihren triefenden Augen gab sie erst Ruhe, wenn ein Gast sich erbarmte und Zigarrenqualm durch die Zwingerstäbe blies. Dann legte Trudi sich beruhigt auf ihre Pfote und schlief stundenlang. Simones Mutterinstinkt beschloss, einen Geschwisterhund und kaufte sich einen Mops, der wie Katte bemerkte, eine moderne Investition war.

Links neben der Bar in der Ecke stellte Simone einen zweiten Käfig auf.

Es brauchte nur einen Kleintierkäfig, denn Hurricane war ein äußerst kleiner Mops.

Die beiden Hunde verbreiteten nun gute Laune, riefen in den Gästen Elterninstinkte hervor oder vergraulten sie.

Neue Gerüche erfüllten den Pub. Schon an der Eingangstür kam jedem Gast ein Geruchsgemisch entgegen, was bei manchen zu einem Würgreflex führte. Einer Mischung aus kaltem Rauch, Alkoholdestillat, Frittage und einer Überdosis nassem Hund, der man nur mit der Nase tief in den Whisky ausweichen konnte. Viel hatten sich die Hunde nicht zu sagen, und so reagierte Trudi auch relativ gleichgültig auf den baldigen und unerwarteten Verlust des Mopses.

Gedenkstätte für Hurricane, stand eines Tages in goldenen Buchstaben auf einem vergoldeten Schild vor dem Kleintierkäfig, der nun verwaist in der Ecke stand: leer, mit einem gelben Gummiknochen in der Mitte versehen, innen ein ausgelegte, schwarze, schwere Samtdecke und eine elektrische Grabkerze. Der sanfte Mops Hurricane, war am dreizehnten August, bei einem Ausflug auf dem fast komplett überfüllten Bootsfahrt zu den Seehundbänken in der Wismarer Bucht mit Kegelrobbengarantie, unbemerkt verloren gegangen. Bereits zehn Minuten nach Fahrtantritt war er wie durch einen Zauber, zum Leidwesen von Katte und Simone unsichtbar im Getümmel verschwunden. Simone rief auf dem touristenreichen Boot, das sich bereits in voller Fahrt befand: „Hurricane, mein Hurri", ihr Mann rief: „Cane, Cane!" aber ihre Rufe blieben ohne Antwort. Nach dem Anlegen des Bootes, den Mitleidsbekundungen hilfloser Kapitäne am Hotel Seeblick, setzte sich Kattes erschöpfte Frau auf einen glänzenden großen Kunstmarmorstein, auf dem PRAG in riesigen Lettern eingraviert war und bekam, als sie das Wort PRAG las, einen Nervenzusammenbruch.

In Prag hatte sie Hurricane bei einer Züchterin, die in feinsten Marderpelz gehüllt war und deren roter Lippenstift weit über die Lippenumrandung hinaus ging, nur allzu teuer erstanden. Hurricane war damals sofort in Simones Tasche gekrochen, was als schicksalhaftes Aussuchen der Besitzerin gewertet wurde und woran sich die verwitwete Hundebesitzerin nun auf dem Stein sitzend erinnerte. Insgesamt gab es an diesem Hafen vier Kunststeine, versehen mit dem Namen von Hauptstädten. Katte setzte sich zufällig auf den glatten Stein DUBLIN, was ihn daran erinnerte, die Schotten in dieser tragischen Stunde anzurufen. Eine Woche später kamen die old sailors, wie Simone sie nannte, und bedauerten den Verlust des verloren gegangenen Familienmitgliedes. Man stieß gemeinsam und laut auf „Hurri“ und dann auf „Cane“ an. Danach zuerst auf „Cane“ und dann auf „Hurri“. Nach „Hurri“ wurde „up“ ergänzt, nach zwei Stunden und zehn Flaschen Whisky einigte man sich kurz auf „up“.

Simone und Katte mussten nach diesem Gedenkgelage zwei Tage Bettruhe halten, während die Schotten die Zecherei nur wenig verkatert überstanden und am nächsten Tag das Besäufnis fortsetzten. Sie übernahmen dafür früh ab sechs Uhr, Haus- und Hofarbeiten. Zum Frühstück gab es Hühnersuppe und in Öl gebackene Kartoffelscheiben und für Simone und Katte Kamillentee und Wärmflasche ans Bett. In genau diesen nächsten Tagen, entdeckte ein Mädchen, am Ostseeufer im Hafenbecken Wismar, etwas Glitzerndes im Wasser. Sie lief erfreut hin, schrie aber dann sogleich auf und rief nach ihren Eltern. Auch die Eltern reagierten laut und entsetzt, es bildete sich eine kleine Menschentraube um das Ereignis. Die Schaulustigen wandten sich mit der Hand vor dem Mund angewidert ab, manchen debattierten und schüttelten den Kopf, bis die Polizei auftauchte. Es war eindeutig. Hier schwamm ein toter Hund. Allerdings fehlte ihm das Gesicht vollständig, es war bis zum Hals abgefressen und auch der Rest des Kadavers sah aus, als wäre er wie ein schlecht schmeckendes Hühnerbein achtlos über Bord geworfen worden. Die Überreste von Hurricane.

Das Halsband hing an dem mit etlichen glänzenden Strasssteinen verzierten Brustgeschirr, was einst von Simone an einem launigen Sonntagmittag als glitzernde Qualitätsware teuer im Urlaub am Timmendorfer Strand erstanden worden war und nun das Mädchen am Kai anlockte und auch der Polizei einen neuen Auftrag bescherte. Man zog den Kadaver aus dem Wasser, unter einer raunenden, ausweichenden Menschenmenge.

Die initialen HC und die ebenfalls eingravierte Adresse am herabhängenden Halsband, wiesen auf die Herkunft des Hundes eindeutig hin.

Der Rest des Geschirres, das HC um den ausgefransten Restkörper trug, war im besten Zustand. Die Polizei vermutete den affektiven Tritt eines Jugendlichen, oder den Panikanfall des Hundes, durch den der Mops eventuell über Bord befördert wurde.

Trotz vieler Spekulationen blieb der Tatvorhergang unaufgeklärt.

Dem Chef des Bootsverleih aber war das Anlass genug, für mehr Sicherheit zu sorgen und er schloss eine gewerbliche Voll-Kasko-Versicherung ab. Auf den Schildern gab es ab sofort, außer der Kegelrobbengarantie auch den Hinweis: Bei uns wird die SICHERHEIT AUF DER OSTSEE großgeschrieben und findet unsere besondere Beachtung!

Dogge Trudi musste seitdem die Rolle des kleinen Mopses mit ausfüllen, wurde mit einem Male infantiler und geriet so in die Lage des verwöhnten, Zigarettenrauch liebenden Kalbes, das sich nun im Zwinger unter den Gästen mitten im Raum platzierte.

Verließ Trudi für ihren Toilettengang im Vorgärtchen ihren Käfig, flanierte sie wie eine üppige große Tänzerin durch die Beine der Anwesenden. Streicheleinheiten und ins Ohr geflüsterte Geheimnisse trug der Hund genüsslich mit sich herum, bis er sich wieder hinter das Gatter rollte. Trudi übernahm Hurricanes Rolle fabelhaft. Regelmäßiger kamen ab diesem Zeitpunkt nun die Schotten zu Besuch und zu Weihnachten brachten die Freunde den 1.98 m großen Ex- Footballspieler Victory mit. Victory, genannt „Sir Vic", war zum Verdruss von Katte, nicht nur äußerst attraktiv, er trank auch jeden unter den Tresen und aß für drei.

Immer wenn der Beeindruckende in die Zwingerclubstube eintrat, musste er in die Knie gehen und den Kopf einziehen, was Simone jedesmal mit einem lufteinsaugenden „Sssss" oder mit einem zärtlichen „be careful" kommentierte. Katte bemerkte diese Zuneigung mit Sorge und ließ sich deshalb mehrmals leichtsinnig auf einen Trink- Wettkampf mit Victory ein, um ihm den Sieg abzuringen und Simone zu beeindrucken. Danach war er jedes Mal bettlägerig, Victory gewann lachend jede Wette, und Simone wurde rosiger im Gesicht und wirkte zehn Jahre jünger.

Flogen die Schotten wieder ab, atmete Katte erleichtert auf, trank wochenlang nichts als Wasser, machte Liegestütze und kümmerte sich um wöchentliche Blumensträuße für Simone.

Aber heute war es friedlich. Etliche Minuten und Schlucke Bier flossen dahin, bis das Pub- Telefon klingelte. Katte schälte sich widerwillig aus dem Sitz, nahm den Hörer mit einem lustlosen „Jo" ab. Doch sogleich riss er seine Augen und seinen Mund auf, nickte heftig, sein Gesicht röter und er stotterte halbenglische Floskeln und dann ein: „Well, yeah, im so glad guys! Slàinte Mhath". Den Hörer des alten Schnurtelefons, was er einst auf dem Flohmarkt Rostock erstand, hielt er eine gefühlte Ewigkeit in der Hand, bevor er plötzlich herumwirbelnd im Raum herum sah. Julius fragte erstaunt, was es gäbe. „Sie kommen wieder, du ... und soll ich dir was sagen, eine Woche früher als gedacht... und mit diesem Hünen Victory wieder." Katte vergoss vor Aufregung Bier beim Trinken: „Gott, ich muss renovieren, ich will das alles hier vorher unbedingt renovieren … Mensch ich bin doch kein Waschlappen ... hab doch was zu bieten... die sollen sich mal umgucken du ..." Julius nickte und beide ließen nun ihre Blicke im Raum umherschweifen und berechneten Farbe, Material und Arbeitsstunden.

Julius, drehte sich mit seinem Barhocker um die eigene Achse und starrte erschrocken in die Augen einer fremden, vor ihm stehenden jungen Frau, die das Pub scheinbar unbemerkt betreten hatte. Frauen kamen im Zwingerclub äußerst selten vor, weshalb Julius sich plötzlich nicht mehr bewegen und nur starren konnte.

Frauen waren ein ganz eigenes Thema und hatten im Pub nichts zu suchen. Außer Trudi und Simone, wurde das Pub in zwei Jahren, bis eben auf heute, von nur einer einzigen weiteren Frau besucht. Von Estel. Estel kam am zweiten Januar vor genau drei Jahren das erste und letzte Mal in den Pub, weit nach Mitternacht und auf Zuruf. Und zwar, weil Hilfe notwendig war. Diese Geschichte ging in die Annalen des Tratsches von Kröpelin ein. Estel hieß eigentlich Elsbeth und betrieb die Eisdiele „Die Eisheiligen" und war die Frau

Gisberts, genannt Gisy. Er war der ortsansässige Dachdecker, Ofenkehrer und Allround-Handwerker. Man brauchte Gisy und schätzte seine Lösungen bei allen Arten von Konflikten am Bau. Er wusste immer wo und wie etwas zu tun war, konnte jeden Handwerksgriff ausgiebig erklären, was ihm den Spitznamen Gisy mit Verweis auf den Politiker Gregor Gisy einbrachte. Gisy war beliebt, er verlangte als Gegenleistung für schwerste Baumaßnahmen und Sanitätsreparaturen, lediglich einen Kasten Bier, oder mal eine Eintrittskarte in ein Schwimmbad für seine Enkelin. Eine Stunde vor Estels Auftauchen im Januar im Pub, stand Gisy, der gern Gitarrist geworden wäre, aber in einem unachtsamen Moment zwei halbe Finger mit Zwanzig an der Kreissäge verlor, in Unterhosen auf der schmalen Bar. Das Radio dröhnte Thunderstruck von ACDC.

Luftgitarre spielend, geriet Gisy an die ohnehin schon stark pendelnde massive Glaslampe, die von der Decke hing und rechnete nicht mit ihrem Rückstoß.

Er nahm unter Spielen eines Luft-Solos den auf seinen Kopf knallenden Bumerang entgegen, der ihn erbarmungslos und blutend von der Theke stieß. Es war nur eine Platzwunde, aber Gisy war sich der Güte des Lebens nicht mehr sicher, stand unter Schock und jammerte wie ein Sterbender und rief nach seiner Frau Estel.

Simone griff kurz zum Telefon und bat Estel, den blutüberströmten weinenden Mann abzuholen. Estel kam und hievte wütend den halb nackten Gisy wortlos ins Auto. Keiner wagte zu helfen. Keiner gab den leisesten Kommentar.

Estel verbot ihrem Mann jegliche Besuche im Pub, was Gisy aber galant umging. An Feiertagen, wie er es nannte, immer dann, wenn sich Estel mit ihren Freundinnen zum Wanderwochenende traf, schaute er freudig winkend durchs Fenster des Pubs und wurde dann von Katte durch die Katzenklappe hereingelassen. Die Klappe wurde aufgrund der nie da gewesenen Katze, extra für Trudi erweitert, also war das Entrèe so groß, dass der äußerst schmalgewachsen Gisy gut durch passte.

Seine Besuche im Pub Zwingerclub, blieben geheim. Kein Mann, wer auch immer es mitbekam, sagte ein Sterbenswörtchen zu Gisys Frau. Keiner wollte es sich mit Estel verscherzen. Ihr gehörte schließlich neben der Eisdiele auch der einzige Wochenkiosk im Ort, der montags bis freitags, bereits ab fünf Uhr dreißig in der Frühe, belegte Brötchen und Fassbier hatte und an dem man bedenkenlos zwei Wochen anschreiben durfte. Bei Estel wurden sogar die Kleinsten abgegeben, wenn Väter ihre Kinder aus der Tagesstätte abgeholt hatten, und nun rauchend in Ruhe Bier trinken wollten. Dann malten die Kinder im Kiosk „Estels Bude“ Blumen, Sonnen oder Prinzessinnen mit großen Kronen und Einhörnern.

Hier erfuhr man auch Neuigkeiten zu allen Ortsbewohner oder wurde vor Blitzern auf dem Weg zur Arbeit gewarnt. Ausgerechnet Estel, die scheinbar über jeden Vorfall Bescheid wusste, ahnte nicht, dass Gisy weiterhin derartigen Besäufnissen beiwohnte.

Seit diesem Vorfall war aber auch keine Frau, außer Simone und Trudi mehr im Pub gewesen.

„Maud“. Immer noch stand die junge Frau unter Julius erstarrtem Blick dicht vor ihm, die Hand hinhaltend und sagte weiter mit französischem Akzent: „Ich komme aus l`Orange“. Dem verdutzten Blick des Mannes begegnete sie erklärend: „Provence“.

Sie zog ihre Hand schnell wieder zurück, ließ ihren roten Rucksack zu Boden gleiten. An ihrem Handgelenk hingen ein Dutzend Schmuckbändchen, die Julius mit aller Aufmerksamkeit besah. Katte, der gerade am Spülbecken stand, wand sich ungeschickt aus dem engen Bargang hervor. Dabei brachte er mit seinem üppigen Bauch den Tresen zum Wackeln, lächelte verlegen, räusperte sich umständlich und hielt der Frau seine Hand entgegen: „Katte. Auch Provinz. Und...“, dabei zeigte er auf Julius: „Mutti...Mutti Mütze … ähm also Julius. Julius Mütze halt, aber wir nennen ihn hier nur Mutti,“ korrigiert Katte hastig und lachte auf, in hohen ihm selbst unbekannten Tönen, so dass er ein wenig verwirrt über seine Reaktion war.

Julius starrte immer noch auf die Bändchen an Mauds Handgelenk, dann wanderte sein Blick zu Katte, dann wieder zu dieser jungen Frau. Julius schwieg noch immer. Er war von der jungen Frau beeindruckt, aber er hatte auch ihren Namen nicht begriffen. Es war die altbekannte Starre, die er fühlte, ein Black Out wie in der Schule, wenn er etwas gefragt wurde, weshalb er auch nicht lächeln konnte, obwohl er es gerne wollte.

Maud blickte interessiert im Raum umher, rümpfte immer mal wieder die Nase, hüstelte etwas und fragte mit gebrochenem Deutsch nach Kaffee und dem Weg zum Bahnhof. Julius richtete sich ein wenig mehr auf, Katte wischte seine Hände ausgiebig an der Schürze ab, und dann übertrumpften sie sich gegenseitig in Beantwortung beider Fragen. Katte holte die „Frenchpress“, wie er betonte, vom Regal und schrie: „Simone!, Sahne, Zucker!“ Es kam ein wenig ungehalten aus ihm heraus. Er lächelte entschuldigend zu Maud, in der Befürchtung eines zu groben Tonfalls. Simone schob zwei Minuten später ihren sich im lila Zustand befindenden frischgefärbten Haarschopf zur Tür hinein, erfasste sofort die Situation und nickte der jungen Wanderin kurz angebunden vom Weiten zu. Mit tief zusammengezogenen Augenbrauen reichte sie mit drohendem Blick Katte, Milchkännchen und die Schale Streuzucker.

Julius fasste sich an das Jacket, eigentlich, um es etwas enger um den Leib zu winden, weil ihm ein wenig fröstelte. Da spürten seine Hände das kleine Abzeichen, er streichelte das Metall und erinnerte sich an seinen Vorsitz. Und daran, dass er ein New Business Manager war. In dieser Funktion fand er auf einmal seine Sprache wieder, die jetzt ungelenk herausschoss. Er erklärte wild gestikulierend und ein wenig stotternd, inzwischen das dritte Mal wiederholend, den Weg zum Bahnhof und jedes Mal anders, sich selbst immer wieder korrigierend. Warum es so schwer war, den Weg zum Bahnhof zu erklären, wusste er auch nicht. Die Orientierung war ihm ein wenig abhandengekommen. Dann schien er in einer Idee kurz innezuhalten, griff in die linke Tasche seines Jackets und legte eine halbe Packung Nougat-Schokolade auf die Theke. Das Silberpapier war säuberlich darum gewunden, er öffnete es umständlich und mit anbietender Geste schob er es der jungen Frau zu. Maud griff gierig, ohne Julius auch nur eines Blickes zu würdigen, nach den kleinen Quadraten, tauchte eines in den Kaffee und steckte es schmatzend in den Mund. Und ein zweites, ein drittes, sogar ein viertes. Julius schob ihr die Schokolade noch näher hin: „Alles für dich.. s'il vous plaît“, sagte er leise. Mehr Französisch fiel ihm vor Aufregung nicht ein. Er versuchte bruchstückhaft zu erklären, dass er Frankreich am wunderbarste von allen Ländern der Welt findet. Er sprach sich regelrecht in einen Frankreich-Rausch. Erzählte irgendwas von Napoleon und im gleichen Atemzug teilte er ihr mit, dass er noch unverheiratet sei, wobei Maud ihn belustigt ansah. Katte hatte Julius in seinem Redefluss unbemerkt zuvor sein Handy hingeschoben und die Übersetzer App geöffnet.

Justus tippte während seiner Frankreichrede also nervös etwas ein und sagte versehentlich das Wort „non mamie“, was soviel wie Oma bedeutet, statt „non mariè “, unverheiratet, was Maud mit eben diesem Blick beantwortete.

Julius versuchte ihre Aufmerksamkeit nun mit einer Einladung zu einem Cocktail „Whisky Sour“ zu gewinnen, aber Maude winkte kühl ab und stopfte sich weiterhin Schokolade in den Mund. Sie lief zum Fenster und schaute hinaus. Katte gab Julius mit einer Geste zu verstehen, dass er einen cleveren Einfall hatte.

„Du bleiben, hier ist Pension. Pension. Hier du kannst schlafen“, bot Katte ihr im falschen Deutsch an, in dem er seinen Kopf in einer Schlafgeste auf seine Hände legte. Er grinste über beide Ohren.

Julius stützte sich ebenso auf seine gefalteten Hände und wartete die Antwort gemeinsam mit Katte ab.

Die junge Frau machte ein gleichgültiges Gesicht, sah mal auf Julius, mal auf Katte. Weil sie nichts sagte, holte nun Julius zum weiteren Angebot aus, sprach von Strandrundfahrt auf einem Kremserwagen, von Spaziergängen zum See. Maud blickte immer noch aus dem Fenster, Katte begann Julius Zeichen des Aufhörens zu signalisieren, in dem er die Augenbrauen in die Höhe zog und lautstark Gläser zu spülen begann.

Maud lief abrupt, als würde sie es eilig haben, auf den Tresen zu und mit einem knappen

„Merci für die Kaffee", stellte sie die Tasse ab.

„Den Kaffee" korrigierte Julius leise, während er die blonde Reisende dabei beobachtete, wie sie sich hastig die restlichen Happen Schokolade in den Mund schob, fünf Euro auf den Tresen warf und fluchtartig, sich den roten Rucksack über die Schulter werfend, den Zwingerclub verließ. Julius zog die Tasse mit der Aufschrift let your soul shine, aus der Maud getrunken hatte, zu sich heran und schaute ungläubig hinein: „Noch nicht alle." Dann schlichen er und Katte wortlos zum Fenster und sahen Maud nach.

Katte polierte dabei mit der Schürze ein Glas. Er schüttelte den Kopf: „Mensch Mutti, dich hat`s ja erwischt."

Durch die milchige Glasscheibe beobachten die Männer, wie Maud sich eine weinrote Strickjacke über die runden Oberarme zog, einen Kaugummi auspackte und sich etwas Parfum an den Hals sprühte und die Flüssigkeit hinter Ohren und Hals verrieb. Katte polierte das längst glänzende Weinglas gedankenversunken vor sich hin.

„Sie wäre mein Ehrenmitglied im Verein geworden, aber sie hat nicht gelächelt, kein einziges Mal", sagt Julius leise.

Als hätte sie den Satz gehört, drehet Maud sich plötzlich zum Pub um, dann schüttelte sie sich heftig, und wie unter Unwohlsein verzog sie ihr Gesicht

Julius zuckte zusammen und zog reflexartig seine Hand zurück, mit der er ihr gerade winken wollte. Katte hörte auf, das Glas zu polieren und schlug Julius tröstend auf die Schulter, schüttelte ihn ein wenig hin und her, als wolle er sich selbst wieder wachrütteln.

Julius sah immer noch durchs Fenster, schwankte ein wenig von der Kraft der Hand seines Freundes. Katte lief kopfschüttelnd, und gähnend zum Tresen. Die Tasse, aus der Maud getrunken hatte, ließ er schroff ins Spülbecken gleiten und während er frisches Bier zapfte, sang er brummend vor sich hin:

O Flower of Scotland Those days are past now
And in the past, they must remain, but we can still rise now…

Hass mit Herz

Von Ria Ra

Akt 1: Aus

„Du fette Hure des Systems. Ich vergewaltige und zerstückle dich.“ 41 Likes.

Katja starrt auf ihr Handy. Ihre Daumen zittern über dem Display, während sie die Kommentare im Feed liest.

„Raus mit der Schlampe aus Deutschland ⚡ ⚡ !“ 64 Likes.

Die Masse schweigt. Undenkbar auf der Straße oder im Restaurant. Auf Instagram und TikTok gehört es zu Katjas Alltag.

„Du bist es Wert, gehasst zu werden.“ Diese Botschaft schmettert Social Media Katja jeden Tag entgegen. Sie kämpft nicht mit Shitstorms sondern mit Shithurricanes.

Katja scrollt durch den Verlauf der Kommentare, während sie ihre Bürotür schließt. Die Hetzjagd nimmt Fahrt auf. Mit jeder Stunde steigt die Brutalität auf Instagram, als hätten sich ihre Feinde verabredet.

„Du tätst der Welt ein Gefallen, wenn du dir ein Strick um den Hals legst und zuziehst. Niemand braucht Weiber wie dich als Bürgermeister 😭.“ 43 Likes. Die Herzen auf Social Media fliegen für Hass. Sekündlich kommen neue Likes hinzu. Der Algorithmus peitscht Katja Feindseligkeit entgegen, während sie im Bürostuhl ihres Amtszimmers versinkt.

„Du tätest der deutschen Sprache einen Gefallen, wenn du die Grammatik beachten würdest. Der Akkusativ lässt grüßen." Katja schickt ihre Antwort ins Universum von Instagram und erntet Herzen ihrer Fans. Ihr Ärger über Social Media und sich selbst bleibt. Der Workaholic in ihr hat gesiegt. Statt Social Media zu ignorieren und den Vormittag jenseits der Arbeit und Sorgen zu verbringen, ist sie ins Büro gefahren, um die morgige Sitzung des Stadtrats vorzubereiten. Ihre Pflichten als Bürgermeisterin sowie ihre Kanäle ruhen nie, nicht einmal an Tagen wie diesen.

Mit Elan und Willenskraft ist sie als Parteilose in den Wahlkampf gezogen. Ihr Ziel – den Rechten die Stirn zu bieten, die in den Prognosen ihrer Heimstadt als stärkste Partei gehandelt wurden – erreichte sie.

Katja hat es nicht nur als jüngste Person, sondern auch als erste Frau ins höchste Amt der Stadt geschafft. Seitdem vergeht kein Tag, an dem sie dies nicht zu spüren bekommt – in Form von einem Augenzwinkern eines Kollegen, einem Pfiff über den Rathausplatz oder online. Zu unfähig, zu dick, zu karrieregeil, zu zickig – in den Kommentaren abgestempelt zu werden, kennt Katja. Da sie keine Lust verspürt, weitere Beleidigungen und Drohungen zu lesen, legt sie ihr Handy aus der Hand und tritt ans Fenster. Sie braucht frische Luft und Gedanken und lässt ihren Blick durch den Innenhof gleiten. Die Tauben picken, der Hausmeister schrubbt Schmierereien von den Mauern. Das Wort Schlampe verziert mit

Hakenkreuzen prangt auf den Steinen. Der Hass auf sie strahlt von den Wänden.

Katja knallt das Fenster zu. Statt die Sitzung vorzubereiten, kämpft sie gegen die aufsteigende Panik. Schlampe. Ist sie damit gemeint? Wie haben es ihre Gegner in den Innenhof geschafft?

Ihr Kiefer knirscht. Zähne und Gedanken kneten ihre Unterlippe. Sie kennt die Hetze aus Social Media, doch die räumliche Distanz verspricht vermeintlichen Schutz. Die Hakenkreuze unter ihrem Büro rauben dieses Gefühl. Befindet sich der Schmierfink noch im Gebäude? Beobachtet er sie?

Ihr Körper droht über dem Schreibtisch zusammenzusacken. Sie schlägt mit der flachen Hand auf das Eichenholz. Der Schmerz und die Wut helfen ihr, die Dunkelheit ihrer Gedanken zu verdrängen.

Ein Klopfen an der Tür lässt Katja zusammenzucken. Sie krallt sich an der Schreibtischkante fest. Ihre Assistentin Elise steckt den Kopf durch den Türspalt.

„Ich wollte nur wissen, ob alles ok ist? Hab einen Knall gehört." Ihre Assistentin mustert Katjas verzerrtes Gesicht. „In einer Stunde musst du los. Das hast du auf dem Schirm?"

Katja nickt und bedankt sich für die Erinnerung. Sie möchte bis zum Gerichtstermin allein sein.

Katja zwingt sich an den Schreibtisch. Ihre Nervosität hat sie aus dem Haus getrieben. Im Büro hat sie sich besser unter Kontrolle und die Vorbereitung der Sitzung verspricht Ablenkung.

Ihre Finger schweben über der Tastatur, bereit für ihren Einsatz. Nur eine E-Mail, nur die Bestätigung der Agenda für die morgige Sitzung. Sie beginnt zu lesen. Der erste Punkt lautet: Ausbau der Fahrradwege in der Innenstadt. Als passionierte Radfahrerin gehört die Erweiterung der Radwege zu ihren Wahlkampfversprechen. Doch das Amt hat sie verändert. Sie radelt nicht mehr durch die Stadt oder sucht den Kontakt zu den Menschen, seit Fremde ihre Fahrradreifen aufschlitzten und die Botschaft hinterließen: „Du als nächstes."

Die Sachbeschädiger sind nie gefunden worden. Doch die Handschrift der Nachricht brannte sich in Katjas Erinnerung und Seele.

Der Bildschirm verschwimmt vor Katjas Augen. Die Finger zittern über der Tastatur. Ihre Lunge pumpt und die Angstvorstellungen drehen Kreise in ihrem Kopf. Katja schließt die Agenda, der Ausbau der Radwege muss warten, wie viele ihrer Vorhaben als Bürgermeisterin. Sie will nur diesen Tag überstehen.

Eine Vibration hebt ihr Handy Millimeter von der Holzplatte und versetzt sie in Alarmbereitschaft. Sie kann sich der digitalen Welt nicht entziehen.

„Der Dreck unter deinen Nägeln ist noch das Beste an dir." 21 Likes. Es hagelt Emojis des Hasses und Drohungen. Sie dringen in ihren Körper wie Geschosse, zerfetzen Selbstbewusstsein und Stolz. Im Kugelhagel des Zorns hat Katja gelernt, auszuhalten. Sie kann den Moment hinauszögern, indem sie Instagram und TikTok schließt. Die Finger der Hater fliegen trotzdem ungebremst über die Tasten.

Katja löscht die Hasskommentare unter ihrem Beitrag. Mit deren Beseitigung wird sie wieder Herrin ihres Feeds. Sie ist es gewohnt, dass ihre Projekte durch den Dreck gezogen werden. Die Umgehungsstraße wird als überfällig kritisiert, ihr Jackett als hässlich, die neuen öffentlichen Toiletten als zu teuer, das erweiterte Naturschutzgebiet mit seinen Biberbauten überflutet die Felder der Bauern, der Biokaffee in der Rathauskantine schmeckt nicht. Für alles muss sie ihren Kopf hinhalten.

Jeder Swipe eine Attacke. Angezogen von Hass und Hetze kommen sie aus allen Ecken des Menschheitsspektrums gekrochen. Social Media verkommt zum Jagdgehege und Eldorado für Sexismus, in dem Fremde ihren Gewaltfantasien und Zorn freien Lauf lassen. Kommentarzeilen werden zur Projektionsflächen des angestauten Frusts auf die Welt.

Am Anfang hatten solche Kommentare Katja für Tage niedergeschmettert. Der Dauerhass hat sie abstumpfen lassen. Worte vergehen – sie löscht sie – doch die Angst hat sich tief in ihr Unterbewusstsein gefressen. Es ist die Panik, diesen Menschen im echten Leben zu begegnen, wenn sie ihre Gewaltfantasien verwirklichen. Es reicht ein Idiot, der sich dazu entschließt, seine Drohungen umzusetzen und sie auslöscht, nicht aus Instagram, sondern aus der Welt.

Endet der Hass mit ihrer Amtszeit? Oder wenn sie zurücktritt? Aufgeben und hinschmeißen – in letzter Zeit treiben diese Gedanken sie um.

Katja öffnet ihre Rücktrittsansprache in Word und überfliegt den Anfang. Seit Monaten wartet die Rede auf ihrem Laptop auf ihren Einsatz. Ihr Trotz und der Zuspruch ihrer Kolleginnen und Kollegen sowie ihrer Community, die sich online erbitterte Schlachten in den Kommentarzeilen mit den Hatern liefern, halten sie ab. Sie bestärken die Stimme in Katjas Hinterkopf, die in Momenten des Zweifels flüstert: „Es darf nicht umsonst gewesen sein. Neuwahlen helfen nur den Populisten."

Sie klappt den Laptop zu. Heute ist nicht der Tag ihres Rücktritts.

Aus Gewohnheit öffnet Katja ihre Direktnachrichten bei Instagram und verflucht sich zugleich. Andy_5588 hat ihr eine Nachricht geschickt. Ihre Finger zögern, bevor sie klickt. Ein einäugiges Monster springt ihr entgegen – steif und bereit für den Abschuss. In Großbuchstaben steht: „Meine geladene Pistole für die Bürgermeisterin."

Unfähig ihren Blick abzuwenden, starrt Katja auf das Dick-Pic. Sie schnaubt und würgt. Ekel und Wut vermischen sich. Sie will den Kerl anschreien, aber ihr fehlen die Worte und die Gelegenheit. Sie hasst ihre Hilflosigkeit.

Dick-Pics gehören zu ihrer Karriere wie Aktenordner und Unterschriftenmappen. Mit Tag eins im Amt startete der Schwanzterror, wie sie und Elise ihn tauften. Per Airdrop ploppte ihr erstes Dick-Pic ungefragt und ungewollt in der Rathauskantine auf ihrem Handy auf. Mit ihrem Team hatte sie sich an den Tisch gesetzt – die Currywurst vor ihr – als das Handy summte. Unbedacht öffnete sie die Nachricht. Sie begriff nicht, was sie sah, bis sich die Penisvorhaut in ihre Netzhaut brannte. Scham und Ekel krochen in ihr hoch und versteiften ihre Muskeln, während ihre Kolleginnen und Kollegen über die Wurst philosophierten. Erst als Elise Katja unter dem Tisch einen Tritt in die Wade verpasste, erwachte Katja aus ihrer Starre. Sie ließ das Handy verschwinden – in der Hoffnung, dass niemand ihren Gesichtsausdruck bemerkt hatte. Der Täter konnte nicht weit von ihr sitzen, beobachtete sie vielleicht und kostete den Moment aus. Gänsehaut des Ekels ratterte über ihren Rücken. Am liebsten wäre sie wie ihr Appetit aus der Kantine geflohen. Trotzdem lächelte sie zu den Äußerungen ihres Teams, unfähig an der Konversation teilzunehmen.

Die gekrümmte Wurst auf ihrem Teller wies erschreckende Ähnlichkeit mit dem Dick-Pic auf und ließ Katjas Magensäure aufsteigen. Sie zwang sich Pommes in den Magen.

Viele Dick-Pics folgten in ihrer Karriere als Bürgermeisterin, doch das Erste behielt seinen Fluch über Katja. Ekel, überzogen mit Scham, kocht in ihr hoch, sobald sie das Frittenfett der Großküche riecht. Ihr Verstand flüstert ihr zwar zu, dass das überall hätte passieren können, aber die Kantine hat sich in einen toxischen Ort verwandelt. Seither ist sie bekannt als Brotzeitbürgermeisterin, die mit Butterbrotdose ihren Dienst antritt.

Auch heute wartet ein Bagel mit Frischkäse, Rucola und Paprikascheiben auf sie. Katja schiebt die Brotzeit zur Seite. Sie muss sich um das Dick-Pic auf ihrem Handy kümmern. Sie kneift die Augen zusammen und speichert das Foto sowie einen Screenshot der Nachricht auf ihrem Handy, bevor sie Andy_5588 aus ihrem Posteingang löscht und blockiert. Mit wenigen Klicks erstellt sie auf Dickstinction.com eine Anzeige gegen Unbekannt. Eine Routine, die sie gerne nicht entwickelt hätte. Die PDF sendet sie an Elise mit den Worten: „Für unsere Sammlung bei der Polizei. Bitte ausdrucken und abschicken."

Das Bild des Penis verharrt in Katjas Kopf. Sie schüttelt sich, um Ekel und Wut zu verdrängen. Eine Träne der Hilflosigkeit rollt.

Die Belehrungen ihres Vaters erklingen: „Kein Social Media, keine Dick-Pics – simple kausale Zusammenhänge." Seit Monaten predigt er, sie solle ihre Accounts löschen und alles würde sich von selbst regeln. Seine Generation hat nicht begriffen, dass nicht Social Media das Problem verursacht, sondern die Menschen, die die Plattformen missbrauchen. Selbst wenn sie Instagram und TikTok verlässt, verschwindet nicht der Hass oder die Gewalt um ihre Person.

Trotz dem digitalen Prügel, der sexuellen Gewalt und ihren Ängsten treibt ihre Sturheit sie voran. Sie erlaubt es nicht, den Hatern, Sexisten und Nazis das Feld zu überlassen.

Akt 2: Ohnmacht

Nie wird sie den Tag vergessen, als sie zur frühen Stunde ihr Büro betrat und eine Holzschatulle auf dem Schreibtisch auf sie wartete.

Eine Schnitzerei mit Liebe zum Detail – die Rose auf dem Deckel entfaltete ihre Ranken über die gesamte Breite und umschlang den Verschluss an der Seite. Mit einem Klick sprang die Schatulle auf. Blut, Gedärme und Verwesung drangen Katja entgegen. Der Gestank erstickte ihren Aufschrei. Sie stürzte zum Fenster, riss es auf und schnappte nach Luft. Beinahe hätte sie in den Innenhof gekotzt, während sie versuchte ihr Hochwürgen gepaart mit Schnappatmung unter Kontrolle zu bringen.

Trotz des flüchtigen Blicks drang das Bild der aufgeschlitzten Ratte bis in die Tiefe ihres Unterbewusstseins. Keuchend sank sie zu Boden, ihre Arme um den Körper geschlungen, um sich selbst Halt zu geben. Gerade als sie das Gefühl hatte, sich zu beruhigen, entdeckte sie den Zettel, der im Inneren am Deckel befestigt war: „Das passiert mit Ratten, wenn sie die Kanalisation verlassen."

Katja sprang auf und schlug den Deckel zu. Ihr Herz hämmerte gegen das Brustbein. Sie konzentrierte sich auf ihren Atem und folgte dem Sekundenzeiger an der Wanduhr. Sie zählte leise mit, bis er eine Runde gedreht hatte.

Die Uhr zeigte drei nach sieben. Was war, wenn der Rattentöter noch durchs Gebäude schlich? Sie hatte keinen ihrer Kolleginnen und Kollegen auf den Fluren getroffen, als sie gekommen war. Sie befand sich allein im Rathaus.

Ein Knacken. Ihr Verstand setzte aus, Panik schoss in ihre Füße. Ohne Ziel sprintete sie los – sie musste hier raus. Ihre Beine trugen sie die Gänge entlang, die sich zeitlos in die Länge zogen. Ihre Lunge brannte, aber sie hetzte weiter, gejagt von entfernten Stimmen und der Ratte auf ihrem Schreibtisch.

Mit einem Schrei nach Luft stieß sie die Eingangspforte des Rathauses auf und rannte über den Vorplatz hinein in den parkenden Linienbus.

Das Piepsen der Türen und das Holpern der Anfahrt über das Kopfsteinpflaster weckten sie aus ihrem Tunnel der Panik. Sie ließ sich auf einen Sitz fallen und saugte die Luft in ihre schmerzende Lunge. Ihre Hände zitterten, als sie die 110 wählte.

Dies war der Tag, an dem das Landeskriminalamt entschied, dass sie Personenschutz benötigte.

Bis heute durchlebt sie diesen Morgen in ihren Alpträumen. Die Ratte kreischt trotz aufgeschlitzten Bauches, während sie durch endlosen Gänge hetzt.

Katja prustet die Luft aus ihrer Lunge, als könne sie die Erinnerung an die tote Ratte mit ausstoßen. Das Knattern ihres Handys, das im Vibrationsmodus über den Schreibtisch tanzt, holt Katja aus ihren Gedanken in die Gegenwart. Auf dem Display leuchtet Lauras Name. Erleichterung durchzieht ihren Körper.

Der Hate im Netz hat ihr Laura geschenkt. Sie ist Gründerin und Geschäftsführerin von Female Hack, eine Initiative, die Frauen digital empowert und ihnen bei Angriffen im Netz von fatshaming bis Morddrohungen zur Seite steht. Elise hatte den Kontakt vermittelt, als die erste Dick-Pic-Welle Katja überrollte. Aus Lauras und ihrem gemeinsamen Kampf gegen die männliche Enthemmung im Netz ist eine Freundschaft entstanden.

„Hallo Laura.“ Sie nimmt ab.

„Katja, meine Liebe. Das ist mein Kontrollanruf und du hast nicht bestanden. Wir hatten einen Deal. Dein Handy bleibt bis zum Gerichtstermin aus, kein Social Media, das zermürbt.“ In Lauras Stimme schwingt trotz Anklage Leichtigkeit, die sich wie Balsam auf Katja niederlegt.

„Ich weiß.“

„Versprich mir, es nach dem Gespräch auszuschalten! Lass die Hater heute Hater sein und konzentriere du dich auf den Prozess. Ich kümmere mich um Social Media und den Rest, klar?“

„Danke.“ Katja streicht eine Träne aus dem Gesicht. Ohne die Unterstützung von Menschen wie Laura wäre sie in der Sintflut des Hasses längst ertrunken. „Gibt es Neues von der Dick-Pic-Suche?“

„Leider nein. Wenn ich etwas finde, melde ich mich.“

Katja nickt, obwohl Laura sie nicht sehen kann. Es klopft an der Tür. Ihre Zeit ist gekommen.

Ohne auf ihre Antwort zu warten, tritt Erwin in ihr Büro. Mimik und Muskeln verkünden die Sprache der Wachsamkeit, auf seiner Brust prangt in Schwarz das Symbol der Ordnung: Security.

„Wir müssen los“, verkündet er ohne Katja anzuschauen, stattdessen scannt er die Umgebung, obwohl er das Zimmer bei ihrer Ankunft durchsucht hatte.

„Ich muss auflegen, Erwin ist da. Danke für deinen Anruf.“

„Du schaffst das, Katja. Handy aus, Kopf hoch und haue sie weg.“

Katja verabschiedet sich und nickt Erwin zu. Ihn an ihrer Seite zu wissen, vermittelt Katja Sicherheit. Jeden Morgen holt er sie ab, checkt jeden Raum, den sie betritt, wacht im Vorzimmer, während sie arbeitet, und begleitet sie von Termin zu Termin. Seine ruhige Ausstrahlung und Genauigkeit spenden Katja Kraft, die Aufgaben, für die sie gewählt wurde, zu bewältigen. Sobald sie TikTok oder Instagram öffnet, verpufft Erwins Schutz. Gegen die Gewaltfantasien ihrer Antifans ist er ebenso machtlos.

„Können wir?“ Erwin hält ihr die Tür auf. Mit zusammengebissenen Zähnen stemmt sich Katja vom Schreibtisch hoch. Mit der Hand fährt sie sich durch das straff gekämmte Haar. Sonst trägt sie es offen, sie liebt ihre Mähne. Heute Morgen hat sie es nach hinten gezwungen und ihre Jeans gegen eine schwarze Anzugshose getauscht, um vor Gericht Seriosität und Zurückhaltung auszustrahlen.

Katja schlingt den Mantel um ihren Anzug wie ein Kettenhemd und betritt das Vorzimmer. Elises Finger klackern über die Tastatur, als sie Katja bemerkt, verstummen sie. Ihre Assistentin sucht nach Worten der Aufmunterung und findet Hilflosigkeit. Entsetzen erfasst sie, als sie Katjas Blick folgt. Mit einem Ruck zieht Elise die

Zeitung zu sich. Doch Katja hat die Schlagzeile des Regionalblatts erfasst: „Deutschlands meist gehasste Bürgermeisterin."

„Was wissen die schon." Elise stopft die Zeitung in den Mülleimer. „Du bist so weit gekommen. Lass dich nicht von denen da draußen unterbuttern."

Mit letzter Kraft zwingt Katja ihre Mundwinkel ein Stück nach oben, obwohl der Druck auf ihrer Brust wächst.

„Bleibe bei dir und nicht bei den Bewertungen der anderen über dich." Lauras Rat wiederholt Katja in Dauerschleife, während sie sich neben Erwin in die Tiefgarage zum Dienstwagen schleppt.

Stille beherrscht die Fahrt zum Gericht. Zum ersten Mal seit Jahren schaltet sie ihr Handy aus. Sie muss sich sammeln, die Geschehnisse des Tages ausblenden. Übelkeit steigt in ihr auf, umso näher sie dem Gericht kommen.

Das Urteil könnte bahnbrechend werden für Opfer im Netz wie sie. Auf jeden Fall wird es Wellen schlagen und sie in den nächsten Strudel reißen.

Auf den Stufen des Gerichts wartet die Presse. Als sie Katja im Wagen entdecken, springen sie bewaffnet mit Kameras und Mikrofonen auf und rennen zum Auto. Katja kann und will sich nicht der Meute stellen und überlässt Erwin das Feld, der ihr aus dem Wagen hilft.

Ihre Knie sind weich, aus ihrem Gesicht weicht die Farbe. Vereinzelt brechen Sonnenstrahlen durch die Wolkendecke. Trotzdem versteckt Katja ihr Gesicht hinter den überdimensionalen Gläsern ihrer Sonnenbrille.

Erwin schiebt Menschen und Mikrofone zur Seite. Eine Armlänge hinter seinem Rücken führt er Katja die Treppe zum Gericht empor. Ihre Sinne drohen zu schwinden. Ihre Sicht schrumpft auf den Gang vor ihr, Menschen und Geräusche verschmelzen zu einer Masse.

Sie schüttelt die Hand ihres Anwalts. Ihre Übelkeit drängt aus ihrem Körper, sie schmeckt die Magensäure und schluckt. Mit aller Kraft konzentriert sie sich auf die Worte ihres Anwalts, der sie im Saal begrüßt. Dumpf dringen seine letzten Anweisungen in ihr Ohr, während sie auf der Anklagebank Platz nimmt. Sie hat sich auf diesen Tag vorbereitet, trotzdem dominiert die Angst vor einer Gefängnisstrafe. Katja rammt ihre Fingernägel in den Unterarm, um die Panik mit Schmerz zu übertönen.

Akt 3: Erwacht

Ein letztes Mal werden die Beweisstücke auf Pinnwänden in den Gerichtssaal gerollt. Sie gehören zu Katjas Kunstwerken, die sie von der virtuellen in die reale Welt geholt hat. Drei Dick-Pics auf A0 gedruckt mit jeweils einer Nachricht ihrer Hater werden dem Richter und Publikum präsentiert. Auch das Dick-Pic aus der Kantine hat es in die Anhörung geschafft, obwohl Katja die Vorhaut und die Konturen des Penis retuschiert hat – laut Staatsanwalt nicht genug. Das Auge erahnt den Bildinhalt, der Kopf ergänzt. Über dem Penis prangt der Schriftzug, den Katja aus ihrer Privatsammlung aus Hasskommentaren ausgesucht hat: „Lutsch lieber Schwänze, als dich als Domina im Rathaus aufzuspielen."

Das zweite steife Glied – mit Auberginen-Emojis überdeckt – titelt: „Du linksversifte Schlampe gehörst ordentlich durchgefickt 🍆 🍆 🍆." Auf dem Dritten Faltenungetüm steht: „Ich weiß, wo du wohnst. Soll ich vorbeikommen und dir das Gehirn rausficken?"

Alle Inhalte stammen aus den Händen ihrer Hater und doch wird ihre Schuld verhandelt, während die Männer in der Anonymität des Internets untertauchen.

Ihre Plakate sollen Kunst sein, ein schockierender Weckruf an die Gesellschaft, um ihre Mitmenschen aufrütteln und um die Gewalt im Netz aus der Verborgenheit in die reale Welt zu holen. Katja ist überzeugt, sie hätte die Penisse bis zur Unkenntlichkeit bearbeitet, um den Vorwurf der Pornografie zu entkräften. Aber sie hat nicht mit dem Engagement ihrer Gegner gerechnet. Geklagt hat eine Gruppe von Männern, die sich im Zeugenstand Mühe gaben, sich als Durchschnitt der Gesellschaft zu präsentieren.

Zur heutigen Urteilsverkündung sind sie Hand in Hand mit ihren Ehefrauen in den Gerichtssaal wie bei einem Trachtenumzug eingezogen. Aus der vordersten Reihe beobachten sie Katja, während der Staatsanwalt seine Reden schwingt. Ihre Augen aus Arroganz haben Katjas Trotz geweckt. Ihr Gesichtsausdruck bleibt verschlossen wie ihr Mund. Die letzten Stunden im Gericht gehören ihrem Anwalt. Die Verhandlung schreitet fort, während Katja ihre Peiniger mit ihren Blicken auseinandernimmt.

„… gemäß § 184 Abs. 1 Nr. 6 StGB hat die Angeklagte bewusst und in der Öffentlichkeit pornografische Inhalte verbreitet, sowie Intimbereiche durch Bildaufnahmen verletzt – §184k StGB." Der Staatsanwalt schwingt seine Anklagerede und wandert von Plakat zu Plakat. Seine Finger und Worte knallen gegen die Dick-Pics und prangern die Pornografie an.

Kaum ein Wort dringt zu Katja durch. Sie hofft, dass niemand ihren Panzer durchschaut, der zu zerbrechen droht. Sie konzentriert sich auf die Gesichter der Männer, die über sie urteilen: Richter, Staatsanwalt, Nebenankläger, Publikum. Mit ihren Augen fixiert sie ihre Peiniger – keiner hält ihr stand. Nach und nach wenden sie ihre Blicke von Katjas ab, suchen den Richter oder den Fußboden.

Sie weiß es. Im Zeugenstand haben die Männer geschworen, dass sie keine Dick-Pics an Katja verschickt hätten, sondern betonten ihre moralische Verantwortung. Katja riecht ihre Lügen und Hohn. Sie dunsten mit ihrem Schweiß im Gerichtssaal aus. Sie kann nicht beweisen, dass die Penisse dieser Männer als Foto auf ihrem Handy ruhen, aber sie wird sich nicht einschüchtern lassen.

Das Rücken des Stuhles neben ihr reißt sie aus ihren Gedanken. Ihr Anwalt hat sich erhoben.

„Ich möchte mein Plädoyer mit den Worten eines Zeugens der Staatsanwaltschaft beginnen: ‚Dick-Pics zu senden, ist wie einen Blumenstrauß zu verschicken, solange es eine private Konversation zwischen Erwachsenen bleibt.' Dieser Satz ist nicht nur juristisch falsch – es handelt sich um die Verbreitung von pornografischem

Material – sondern zeigt auch die Verachtung des weiblichen Geschlechts sowie die Verharmlosung sexistischer Übergriffe im 21. Jahrhundert. Katja Lewand ist kein Einzelfall, sondern spiegelt das Abbild der Realität von Millionen von Frauen wider, die im Netz angefeindet und verhöhnt werden, weil sie Frauen sind. Was macht es mit einem Menschen, jeden Tag Hasskommentare, Gewaltandrohungen und Nahaufnahmen von Genitalien zu bekommen?" Der Anwalt lässt seine Frage und Blick durch den Saal hallen. Die Luft vibriert, das Publikum rutscht auf den Plätzen hin und her, Köpfe drehen sich auf der Suche nach Erlösung. Als sich Katjas Anwalt dem Staatsanwalt zuwendet, bricht er die Stille: „Ich kann es ihnen nicht beantworten. Aber Katja Lewand hat versucht, es uns zu verdeutlichen, als sie diese Plakate in der Stadt aufhängte. Die sogenannten Dick-Pics hat sie entschärft, sodass diese keine pornografischen Inhalte, sondern das feingewaschene Gesicht der sexualisierten Enthemmung von Social Media darstellen. Auch der Strafbestand wegen Verletzung des Intimbereichs durch Bildaufnahmen ist nicht gegeben. Keiner der abgebildeten Männer hat der Veröffentlichung widersprochen. Über die moralische Angemessenheit der Kampagne lässt es sich diskutieren, nicht über Strafbarkeit. Dieser Fall wird in die Lehrbücher als Opfer-Täter-Umkehrung eingehen: Wenn Männer ihre Penisse verschicken und Frauen dafür bestraft werden, weil sie diese Straftat öffentlich anprangern."

Der Schall seiner Worte durchdringt den Saal und hinterlässt eine Spur aus Anklage und Trotz. Lippen werden gebissen, Hände geknetet und Blicke niedergeschlagen. Ihr Anwalt hat sie an ihren Eiern und Stolz gepackt.

Katja kostet die Kraft seiner Rede aus, bis der Richter sie auffordert, sich für die Urteilsverkündung zu erheben. Schlagartig kehrt ihre Übelkeit zurück. Katjas Bauch krampft, während sie den Schuldspruch über sie ergehen lässt. In ihren Ohren rauscht die Begründung des Richters wie das Meer und ihre Gedanken wandern.

Ihr Vater pflegt zu betonen, kein Umdenken ohne Gegenwehr. Manchmal muss man Schmerzgrenzen überwinden, um die Menschen aus ihrem Trott zu stoßen, damit sie beginnen die Umstände zu hinterfragen. Die Penis-Plakate wüten wie ein Flächenbrand durch Katjas Leben und Umgebung. Möge dieser Schmerz reichen, um die Gesellschaft wachzurütteln.

Steif hält Katja aus, während der Richter in seiner Erläuterung ausufert. Ihr Blick ist auf die Nase des Richters gerichtet. Der Mann kämpft mit dem vermeintlichen Augenkontakt, wechselt zwischen Katja und dem Zettel in seiner Hand.

Trotz des Schuldspruchs breitet sich Erleichterung in ihr aus. Kein Gefängnis, nur eine Geldstrafe. In den letzten Wochen befand sich Katja im freien Fall. Heute ist sie auf ihren Füßen gelandet.

Als Katja das Gericht als Verurteilte verlassen darf, löst sich der Knoten in ihrem Bauch, die Übelkeit schwindet. Sie stößt die Gerichtstüren auf. Sonnenstrahlen fliegen ihr entgegen gefolgt von Kameras und Mikrofonen. Ein Halbkreis aus Reporterinnen und Reportern versperrt den Ausgang und drängt auf sie zu.

Erwin springt vor sie und zieht die Pforten zu. Das Getöse der Masse verstummt.

„Gibt es einen anderen Ausgang?“ Katja sucht Erwins Blick, dessen Gedanken rattern. Er schüttelt den Kopf.

Die Anfragen der Medien haben in den vergangenen Tagen ihre Pressestelle überflutet. Katja hat sie ungelesen im Postfach liegen gelassen. Doch die Wand, die sich auf der anderen Seite der Tür aufbaut, kann sie nicht ignorieren.

„Ich gebe ein Statement ab. Sie kämpfen sich durch die Menge“, schlägt ihr Anwalt vor.

„Nein.“ Katjas Kampfgeist kehrt zurück. Ihre Kampagne zur Sichtbarkeit von Sexismus und Gewalt mag vor Gericht gescheitert sein, aber die Medien hatten sie gefressen und gieren nach der Fortsetzung. Die Schar aus Influencerinnen, Neugierigen und Pressevertreterinnen und -vertreter sind nicht wegen des Urteils angereist, sondern wegen ihr.

Ihre Aktion mit den Penis-Plakaten in der Stadt hatte in Schallgeschwindigkeit ihre Reichweite auf Social Media multipliziert, obwohl nicht Katja die Plakate online gestellt hatte, sondern die Bürgerinnen und Bürger. Eine Welle der Entrüstung schwappte erst durch die Stadt und anschließend durch das Netz. Die einen betrachteten die Penis-Plakate als Angriff auf die männliche Intimität, die anderen prangerten zusammen mit Katja den Sexismus im Netz und die Anonymität an, welche die Täter schützte. Befeuert von Empörung und Hass eskalierte der Algorithmus und überschwemmte TikTok und Instagram mit Katjas Gesicht und ihren Penis-Plakaten. Ihre Kunstwerke bestimmten die Debatte in den

Medien und erregten internationale Aufmerksamkeit. Namen wie Penis-Bürgermeisterin oder Dick-Pic-Queen konnten ihren Vormarsch nicht stoppen, und haben sie bis zum heutigen Tag vor Gericht geführt. Sie muss sich der Presse und Online-Community stellen.

„Die erste Schlacht gehört der Justiz, die zweite den Medien“, verkündet Katja. Die Erkenntnis lässt ihre Mundwinkel nach oben zucken. Zum ersten Mal an diesem Tag fühlt sie sich bereit. Sie reckt ihren Kopf und stößt die Pforte auf. Der Pulk aus Reportinnen und Reporten drängt ihr entgegen.

„Werden Sie den Schuldspruch anfechten?“

„Sind Sie mit der Arbeit Ihres Anwalts zufrieden?“

„Werden Sie als Bürgermeisterin zurücktreten?“

Die Fragen prasseln auf Katja ein, während sie den Mikrofonen ausweichen muss, die in ihre Richtung schießen. Sie zieht sich einen Schritt ins Gebäude zurück, die Masse aus Mensch und Technik rückt nach. Erwin errichtet einen Sicherheitsabstand zwischen Katja und der Presse.

Jede Zuckung ihres Gesichts, jeder Laut, der über Lippen dringt, werden eingefangen und live in die Welt gesendet. Drei tiefe Atemzüge bringen Katja ins Gleichgewicht. Ihr Fokus sitzt, die Stunde der Abrechnung schlägt.

Mit einem Räuspern taucht Katja das Foyer des Gerichtsgebäudes in Stille. Alle Augenpaare und Linsen sind auf sie gerichtet. Sie kostet den Augenblick der Macht, bevor sie ihren Nacken streckt und der Wand aus Mikrofonen entgegentritt: „Ich habe die Persönlichkeitsrechte von fremden Männern verletzt. Männer, die täglich meine Psyche mit ihrem Hass und Penissen terrorisieren. Sie denken, sie können ihre Genitalien und ihre hasserfüllten Kommentare im Schutz der Anonymität ungehindert verbreiten. Ich habe 78 Dick-Pics zur Anzeige gebracht sowie 54 Gewalt- und Morddrohungen. Nichts passierte. Ich habe ihre Gewaltfantasien und Beleidigungen zusammen mit unkenntlichen Dick-Pics abgedruckt und wurde umgehend mit einer Strafanzeige konfrontiert und heute verurteilt. Diese Männer begingen ebenso eine Straftat, als sie mir unaufgefordert ihre Genitalien schickten. Sie müssen sich dafür nicht verantworten, weil die Anonymität sie schützt. Ihr Verhalten verursacht das Problem und nicht mein Kampf gegen ihren Wahnsinn. Ich bin wie viele Frauen Zielscheibe von Sexismus, der bis zu Gewaltfantasien und Morddrohungen ausartet. Anonymität macht Unaussprechliches salonfähig, manche Menschen nutzen dies, andere akzeptieren es. Hass tötet, vergiftet Herz und Verstand und saugt Lebenswillen aus dem Körper. Wir dürfen uns das nicht länger gefallen lassen. Ich fordere Gesellschaft, Politik und Justiz auf, aktiv dagegen vorzugehen. Betroffenen möchte ich mitteilen: Du bist nicht allein. Du hast nichts falsch gemacht. Ich kenne deine Sorgen und die Furcht, die Hater könnten ihre Drohungen in die Tat umsetzen. Trotzdem schweige nicht, sondern erhebe mit mir deine Stimmen, um die Täter aus der Dunkelheit der Social-Media-Plattformen ins öffentliche Licht zu rücken. Wir müssen laut sein, um Veränderungen zu bewirken.“

Katjas Worte durchdringen Mikrofone und Kameralinsen, bis in die Hände und Köpfe der streamenden Masse. In Sekunden springt ihre Aussage von Bildschirm zu Bildschirm.

Hoffnung auf Veränderung treibt sie an, während sie durch die Menge zum Dienstwagen drängt, abgeschirmt von Erwin. Doch sie weiß, dass sich ihre Gegner im Schatten von Instagram und TikTok neuformieren, um ihre Accounts mit Racheangriffen zu überschwemmen. Hass lauert hinter jedem Klick, sobald sie ihr Handy anschaltet.

Erwin schließt die Wagentür hinter ihr. Der Trubel und Katjas Adrenalin klingen ab und sie sinkt in die Rückbank. Es ist vollbracht.

Aus dem Nichts streichen Fingerkuppen über Katjas Schulter. Katjas Körper bäumt sich auf. Sie schlägt die Hand mit einem Kampfschrei von sich weg. In der Sekunde, als sie sich auf den Angreifenden werfen will, blickt sie in vertraute Augen.

„Ich wollte dich nicht erschrecken." Elise reißt ihre Hände hoch und drückt sich gegen das Fenster.

„Du kannst mich doch nicht so überfallen." Katjas Anspannung und Körper sacken in die Rückbank. Sie atmet durch.

„Sorry, aber Laura hat mich angerufen. Sie konnte dich nicht erreichen und bat mich, dir das zu überbringen." Elise schiebt Katja ihr Smartphone über den Sitz. Auf dem Display leuchtet ein Name und eine Adresse. „Sie hat einen der Absender aufgespürt."

Katja überfliegt die Stichpunkte, die Elise in ihrem Handy notiert hatte. Dem Schock weicht ein Grinsen. Laura hat es geschafft, eines der Dick-Pics zurückverfolgen.

„Ich soll dich warnen, ihre Vorgehensweise war nicht ganz legal.“

„Egal.“ Katjas Mundwinkel zucken. Sie würde sich wehren!

„Wir fahren zur Lindenstraße 23“, ordnet sie dem Fahrer an, während sie Erwins Skepsis vom Beifahrersitz erntet. Er hat sich ihr zugewendet und schüttelt den Kopf.

„Keine Dummheiten, bitte.“ Erwins Stimme durchzieht Ernst und Sorge.

Mit verschränkten Armen beharrt Katja auf ihre Anweisung. Der Wagen rollt in Richtung Lindenstraße.

„Was hast du vor, Katja?“

„Reden.“

14 Sekunden

Von Tina Schlegel

München, 8 Uhr 10

Sie zögert. Ihr Spiegelbild blickt ihr fremd und unsicher entgegen. Obwohl ein besonderer Tag vor ihr liegt, einer, der Erfolg in Aussicht stellt, Erfolg und Aufmerksamkeit. Und Belohnung natürlich. Gleichwohl fühlt sie sich nicht angekommen in dieser Stadt. Am Flughafen war sie in eine unbekannte Eile verfallen, hatte das Bedürfnis in sich, einfach zu rennen, *wegzurennen*, nur mühsam unterdrücken können. Ihre Finger hatten gekribbelt, ihre Gedanken ebenso – können Gedanken kribbeln? Oder welche Worte sollte sie dafür verwenden, wenn alles im Inneren in Bewegung geriet? Bis unter die äußerste Schicht ihrer Haut. Schon hatte sie geglaubt, dass man ihr diese innere Unruhe doch ansehen müsste. Sie hatte ihre Hände beobachtet, nach Spuren gesucht, nach feinen roten Linien, die sie verraten würden. Doch ihre Hände waren glatt und unbewegt. Sie zitterten nicht einmal. So schöne, schlanke Finger, hatte ihre Mutter bei der Verabschiedung am Vortag gesagt, so schöne Mädchenhände. Hätte sie nicht Klavier lernen können? Wegrennen, die Hände zu Fäusten geballt und an einem fernen Ziel in die Luft gereckt. Doch ihre Begleiter hatten ihre Koffer abschirmend gegen die Welt getragen und verborgen am Körper auch Waffen.

Sie sind immer an ihrer Seite, seit sie ihre ersten internationalen Schachturniere gewonnen hat. Sie begleiten sie, offiziell um ihr das

Leben zu erleichtern, doch jeder weiß, dass sie da sind, um sie zu überwachen. Sie kann sie riechen, im Dunkeln, wenn sie in ihrem Bett liegt und in Gedanken die Größe ihres Raumes durchschreitet. Und den Weg zur Decke. Irgendwo, denkt sie dann, irgendwo fängt die Freiheit an. Nachts stellt sie sich oft vor, dass sie unter freiem Himmel schläft, dass die Grenzen ihrer Räume nur auf dem Boden die Grenzen ihrer Welt sind, dass dieser Raum aber nach oben hin unendlich ist.

Es ist ein schönes Hotelzimmer, in das man sie gebracht hat. Alles sehr sauber und weitläufig. Es riecht nach Lilien, das ist ein wenig ungewohnt, aber nicht störend. In fünf Minuten wird sie im Foyer erwartet. Das internationale Schachturnier, in dem sie eine der wenigen Frauen ist, zudem mit einem Kopftuch bekleidet. Sie fällt immer auf. Vor allem wohl, weil sie eine iranische Frau ist, die Schachweltmeisterin ist. Die Blicke sind stets auf sie gerichtet, nicht immer wohlwollend, oft spürt sie die Skepsis, manchmal auch Mitleid, immer ist sie viel mehr als eine Frau, die Schach spielt. Sie ist ein Symbol, ein Mysterium – und nicht zuletzt eine Bedrohung. Weshalb man sie als Bedrohung empfindet, begreift sie eigentlich nicht. Angeblich widerspricht ihr Leben den Traditionen, ihre Klugheit der Erwartungshaltung einer männlich dominierten Welt. Sie ist eine lebende Provokation.

Sie wird ihre Figuren setzen und gewinnen, auf diesem Spielfeld aus schwarzen und weißen Feldern, und als eine schillernde Persönlichkeit in der Schachwelt gefeiert werden, erneut. Jung und schön und ach, so schlau, aber ach, eine Frau. Chapeau. In einer Männerwelt. *Aus* einer Männerwelt.

Sie blickt in den Spiegel. Sie mag ihre dunklen langen Haare, die niemand sehen kann. Ich bin Shirin, sagt sie stumm zu sich, ich bin für die Länge eines Schachturniers eine Frau mit einem Namen und einem Gesicht. Ein paar Tage Freiheit –denken ohne Angst. In einem fremden Land. Es stört sie, dass ihr Name an eine süße Blume erinnert. Sie möchte nicht süß sein. Sie möchte auf die Straße und laut sein.

***

Katjas Hand liegt auf der Tastatur. Sie muss nur einen Knopf drücken. Einen Knopf, der ihr Facebook-Profil löscht. Es ist die einzige Möglichkeit. Zurück in die Unsichtbarkeit. Ihre Finger zittern. Sie schielt zur Uhr. Es ist zehn Minuten nach acht, eigentlich wäre sie bei der Arbeit.

Sie wollte schon als Kind zur Polizei. Wie ihr Vater. Inzwischen ist sie Hauptkommissarin. Sie hat sich ihren Pagenhaarschnitt rot gefärbt. Es gefiel ihr, aus der Menge herauszustechen.

Vor etwas über einem Jahr hatte sie begonnen, sich hauptsächlich um Gewaltdelikte gegen Frauen zu kümmern. Nicht, weil es nahelag, sondern weil sie es wollte. Die Zahl dieser Verbrechen steigt, 2023 wurden 256.276 Frauen Opfer von häuslicher Gewalt, das sind 6.5 % mehr als im Vorjahr. Eine weitere tragische Bilanz: auch die Zahl der Morde an Frauen, weil sie Frauen sind, sogenannte Femizide steigt. 2023 wurden in Deutschland 155 Frauen ermordet.

Eine Statistik besagt, dass an jedem Tag des Jahres eine Frau das Opfer eines Mordversuchs wird und jeder dritte Versuch glückt. Weltweit war die Zahl der Femizide im Jahr 2023 so hoch wie nie zuvor, Tendenz für 2024 steigend.

Katja hat ein Facebookprofil und nützt dies, um auf dieses Thema aufmerksam und Frauen Mut zu machen, um den vielen Opfern ein Gesicht zu geben. Es gibt viel zu wenig Frauenhäuser, zu wenig Aufklärung für Frauen, auch für jene, die nicht aus Deutschland stammen, die nicht wissen, wann sie sich wie zur Wehr setzen können. Katja war in dieses Thema eingetaucht und hatte auch politisch einiges bewegt, so dass der Sozialausschuss in München endlich der Planung weiterer Frauenhäuser zustimmte. Bislang gibt es nur drei Frauenhäuser und das größte davon bietet lediglich 45 Frauen einen geschützten Raum.

Was ein Leben, was eine Welt, in der Frauen Angst vor ihren Partnern, Ex-Partnern und Freunden haben müssen. Katja erinnert sich an eine Umfrage, in der es darum ging, wie Menschen Freiheit definieren. Die Männer zählten Dinge auf, die sie auch leben konnten, es waren einfache Dinge, auf dem Sofa sitzen, einen Film schauen, einfach Zeit genießen. Die Frauen nannten: keine Angst haben zu müssen, wenn sie abends auf einem Parkplatz unterwegs sind oder noch mit dem Fahrrad durch einen Park radeln müssen.

Ausweglose Situationen, denkt Katja und lacht bitter. Antike Dramen finden nicht nur in der Antike statt. Sie fühlt sich mit dem Rücken an der Wand, steht auf und geht durch ihre kleine Wohnung, die in den vergangenen Wochen noch kleiner geworden ist. Sie ist nur noch selten draußen, bei der Arbeit ist sie seit zwei Wochen krankgemeldet. Sie hat ihre Freundinnen nicht mehr getroffen, hat Ausreden gefunden, weshalb sie nur noch zuhause auf ihrem Sofa sitzen will. Eine Grippe, Kopfschmerzen, unerwarteter Besuch. Sie glauben ihr nicht mehr, die Freunde, auch die Eltern beginnen sich zu sorgen, das spürt sie bei jedem Telefonat. „Was ist los? Dir haben doch die Arbeit und das Leben in München immer so viel Freude bereitet?“ Sie hört die Stimme der Mutter und fühlt sich schlecht. Sie kann nicht erklären, dass sie selbst zur Verfolgten geworden ist, obwohl doch alle mitlesen können. Sehen sie nicht, was da passiert? Mit ihr? Dass sie Angst hat, ihren Laptop und dann ihr Facebook-Profil zu öffnen? Dass sie diese verbalen Beschmutzungen und Gewaltfantasien auf ihrem Profil nicht mehr erträgt und Alpträume hat? Dass sie diesen ganzen Hass körperlich aufnimmt?

Anfangs hat sie sich bestätigt gefühlt, dass sie in die die richtigen Nester gestochen hat, wenn sie solch eine Wut auslöst. Wut. Die war wie ein Sturm und irgendwann sah man nichts mehr anderes als diesen Sturm und die Bedrohung, die sich wie ein Gewitter darin entlädt.

„Wir von der Polizei, wir sind stärker.“ Hat sie gedacht und sich immer wieder gesagt.

Und genau so hat sie sich positioniert – mit dem sicheren Gefühl, selbst nicht die Souveränität zu verlieren. Ich bin sichtbar, ich will Gerechtigkeit, mir kann nichts passieren. *Wir sind doch die Guten!*

Von ihren Eltern ist sie zu einem offenen und empathischen Menschen erzogen worden. Unrecht gegen andere Menschen ist nicht zu tolerieren. Weshalb aber dürfen Menschen verbal eine solche Gewalt ausüben? Sind die Worte nicht die Vorstufe zur Gewalt in der realen Welt? Erst sind es Gedanken, dann Worte, dann Taten. Wie können alle nur so blind und taub sein?

Wir leben in einem Rechtsstaat. Wir leben in einer Demokratie, mit der doch unweigerlich auch die Gleichberechtigung verknüpft ist. Männer und Frauen. Wir alle sind gleich, Gewalt gegen Frauen muss doch auffallen. Sie muss doch bekämpft werden, immer und überall und nachhaltig und nicht erst, wenn sie sich in einem Femizid äußert, sondern schon bei den ersten Anzeichen von Sexismus und Unterdrückung, bei sexueller Belästigung, bei Erniedrigung, Beschimpfungen, bei Stalking und digitaler Gewalt.

Katja kämpft gegen Windmühlen, das wurde ihr schnell klar und noch einmal deutlich vor Augen geführt, als ihr Chef sagte, das sei normaler Gegenwind.

Man wünscht ihr wiederholt eine Vergewaltigung von mehreren Männern und mit Gegenständen in alle Körperöffnungen und Sicherheitsnadeln in die Schamlippen. Sie kann nicht glauben, dass männliche Kollegen auch so etwas zu lesen bekommen als „normalen Gegenwind“. Verbale Gewalt in den sozialen Netzwerken gegen Frauen äußert sich immer in dieser sexualisierten Gewalt, das weiß sie, doch es hilft ihr nicht über diese Demütigung hinwegzusehen. Sie ist das männliche Instrument der Unterdrückung, dem jede zweite Frau im Netz schon einmal ausgesetzt war. Jede vierte Frau in der Öffentlichkeit, die Opfer solcher Shitstorms von Hatern wird, verlässt ihren Platz in der Öffentlichkeit, auch weil sie viel zu wenig Rückendeckung erhält.

Und jetzt sitzt Katja hier an einem Morgen, fühlt sich ausgehöhlt und durchsichtig. Mitten in Deutschland.

Katja hat geglaubt, dass alles besser wird, wenn man Haltung zeigt. Immer wieder gegen falsche Nachrichten kommentiert und Hass und Hetze als solche benennt – Null Toleranz bei Menschenfeindlichkeit und Unterdrückung. Würden alle so denken, dann wäre die wütende Minderheit als solche auch zu erkennen und würde nicht scheinbar Überhand gewinnen.

Sie war immer stolz auf ihr Gerechtigkeitsgefühl und so war sie zunächst auch stolz auf die Gegenwehr, die ihr entgegenschlug. Auf die Beschimpfungen kleiner, frustrierter Männer, so dachte sie, die nicht ertragen, dass Frauen eine Stimme haben. Anfangs fühlte sie sich wie eine Heldin, eine, die die bösen Kräfte herausgefordert hat. Doch immer vehementer ging es nicht gegen sie als Mensch mit einer anderen Meinung, sondern gegen sie als Frau. Digitale Gewalt, Silencing, sie wusste, was da versucht wurde, doch das Wissen darum half ihr nicht. Die Angst wuchs und stand ihr ins Gesicht geschrieben. Sie färbte sich ihre Haare nicht mehr in dem schönen leuchtenden Rot, sie aß weniger, sie duckte sich in den Regalreihen im Supermarkt, weil sie das Gefühl hatte, beobachtet zu werden. Immer seltener schrieb sie kritische Kommentare.

Und mitten im Juli 2024 ist er plötzlich da, dieser Gedanke, dass es wohl besser ist, zu verschwinden, aus der Öffentlichkeit der sozialen Medien. Am besten überhaupt aus der Öffentlichkeit.

Katja steht vor dem Spiegel, wäscht sich die Hände und das Gesicht, weiß, dass heute ihr Geburtstag ist und verspürt keinerlei Lust, zu feiern. Sie überlegt sich Ausreden für ihre Freunde, denkt an die junge Türkin, die ihr letzte Woche geschrieben hat, verzweifelt, weil sie Angst um ihre Schwester hat. Und dann ist da noch Elke, die nicht weiß, wie sie die blauen Flecken noch überschminken soll. Eine von 256.276 Frauen letztes Jahr. Sie hat ihr Adressen genannt, ihr geraten, wohin sie sich wenden soll. Katja weiß, dass sie keine dieser Adressen aufsuchen wird. Sie bleibt ein Fall in der Statistik und wird auch 2024 in die Statistik eingehen. Frauen sind oft stumme Opfer und lediglich eine Zahl in der Statistik. Wird sie das nun auch?

Die Augenringe sind dunkel, ihre Wangen eingefallen. Sie sieht schlecht aus, das weiß sie. Sie fährt mit den Fingerspitzen über ihre Wangen, versucht sich ein Gefühl der Zärtlichkeit zu schenken, eine liebevolle Berührung in lieblosen Zeiten.

***

Die letzte Kurve, dann würden sich wieder die Birken in ihr Sichtfeld schieben. Sie liebt die Baumart, die in München auch als Trümmerbaum bezeichnet wird, da Birken nach dem Krieg auf den Ruinen gewachsen waren. Die Birke ist das Zeichen der Fruchtbarkeit, weil sie so schnell wuchs. Elena mag den Baum auch, weil er sie immer an Licht und Leichtigkeit denken lässt, wenn sie morgens zur Arbeit fährt und die Sonne die Bäume zum Leuchten bringt.

Sie erblickt die Birken, sieht, dass schon fast Sommer ist. Die Zeit, sie zeichnet eine Spur aus Licht und weniger Licht, aus Schatten und tiefstehenden Sonnen. Noch ein paar 100 Meter durch den Park, dann erreicht sie das Café, in dem sie arbeitet. Sie arbeitet gern dort, ist dankbar dafür, dass sie zu ihrer Arbeit radeln kann und macht das bei jedem Wetter. Ihr bleibt auch nichts anderes übrig, denn ein Auto kann sie sich nicht leisten und will sie auch nicht, denn sie spart auf ihren großen Traum vom eigenen Café. Bis es irgendwann so weit ist, will sie fleißig sein, Extraschichten arbeiten, nachts noch in einer Bar jobben und vor allem sparsam leben. Es macht Elena nichts aus, ihr Traum gibt ihr Kraft. In dem Café ihrer Träume wären alle Menschen immer glücklich, auch solche, die kein Geld haben wie der alte Mann, der immer kommt, wenn sie Dienst hat und dem sie einen Kaffee auf den Tisch stellt, auch wenn sie weiß, dass er ihn nicht bezahlen kann. In ihrem Café würde sie regelmäßig kleine Konzerte und Lesungen veranstalten. Künstler aus dem Viertel könnten ihre Kunst präsentieren. Und natürlich gäbe es bunte Kissen und Stühle und einen Bücherschrank. Die Menschen sollen sich wohlfühlen. Sie würde Frühstück anbieten und selbst gebackene Kuchen. Sie würde mit einer Kaffeekanne durch den Raum gehen und nachschenken und es würde immer nach frischem Kaffee und nach gebackenem Brot duften. Und im Sommer nach Erdbeeren und Lavendel.

Elena stellt ihr Fahrrad ab, schließt die Kette an, lockert ihre Haare kurz auf und steckt sich die Sonnenbrille ins Haar. In ihrer grünen Handtasche sucht sie nach dem Schlüssel und angelt ihn an einem Einhorn heraus, der Schlüsselanhänger, der sie seit gut zehn Jahren schon begleitet.

Scheu an der Ecke steht er bereits. Etwas gebeugt, einen Mantel über den Schultern, nur einen Arm im Ärmel, doch auch das ist eigentlich zu warm für diesen Sommertag. Immer zur gleichen Zeit am Morgen steht er dort, wenn Elena kommt, holt sich eine Zeitung aus dem Kasten rechts neben dem Café. Es ist zu einem geheimen Erkennungszeichen zwischen ihnen geworden. Wir sind da. An diesem Ort in der Welt, der für Elena ein Sprungbrett in ihr Traumleben werden soll, was für den alten Mann das Ende seines Traumes werden würde. Elena weiß das bei jeder Begegnung und hofft doch still, dass auch ihre Nachfolgerin ein Nachsehen haben und dem alten Mann, der nur diesen Mantel und eine bescheidene Tüte mit sich trägt und darüber hinaus einen freundlichen Blick als einzigen wertvollen Besitz, mit einem Kaffee den Tag versüßen würde. Hoffnung, ja, die hat sie. Auch dass ihr Chef sich heute ruhig ihr gegenüber verhalten würde. Ohne diese unverhohlen musternden Blicke, die sie in Gedanken ausziehen, ganz nackt fühlt sie sich, wenn sie in seinen Blick gerät und weiß doch, dass sich alles in ihrem Kopf abspielt. Und doch verlässt das Kopfkino regelmäßig die Bühne und steigt herab in die Gegenwart, wenn sie am Tresen steht und er hinter ihr vorbeiläuft und seine Hand ihren Po streift, manchmal ihre Hüften wohlwissend, dass sie keine Reaktion zeigen kann, denn vor ihr stehen Gäste und die können schließlich nichts dafür.

Er weiß von ihren Träumen. Er weiß, dass sie diese Stelle nicht riskieren wird. Sie weiß, dass es Grenzen zu setzen gilt, doch dass diese sich seit geraumer Zeit verschieben. Ihre Freundlichkeit gegenüber dem alten Mann resultiert auch aus der Erfahrung des Ausgeliefertseins, und je stärker dieses Gefühl wächst, desto größer ihr Bedürfnis, dem alten Mann etwas Gutes zu tun. Ausgleich schaffen. Am Tag nach der Vergewaltigung war es ein Kuchen und ein kaltes Getränk zum Kaffee. Tröstliche Befriedigung, die Elena abends mit nach Hause in ihre winzige Wohnung nimmt. Wenn sie dort ankommt und die Tür hinter sich schließt, dann streift sie diese andere Haut ab wie ein Kleidungsstück, diese Haut, die sie sich für die Welt da draußen angelegt hat, diese unsichtbare Haut, die nicht mehr zu ihr gehört.

Und manchmal stellt sich Elena vor, ihr Lächeln, das sie dem alten Mann schenkt, begleite ihn durch den ganzen Tag. Wie eine Haut.

München 8.25 Uhr

Es ist nicht schwer, ein Facebookprofil zu löschen. Zehn Jahre einfach ausgelöscht, denkt sie, als sie zum wiederholten Mal die Belehrung liest. Man kann das Konto auch für eine gewisse Zeit stilllegen und es dann wieder aktivieren. Man kann … Galgenfrist. Keine Lösung.

Wie soll sie ihren Freundinnen und ihren Eltern erklären, dass die Kommentare auf einer virtuellen Plattform sie in eine solche Angst versetzen? Dass die Sätze und Worte nicht einfach verschwinden, wenn man abends den Computer herunterfährt, sondern als spürbare Erniedrigung und Demütigung bestehen bleiben?

Ihr Finger liegt auf der Enter-Taste, der Cursor zeigt auf „Löschen“, sie zögert.

***

Die Birken werfen ihre Schatten auf die Straße, die aufgehende Sonne blendet sie. Blau. Leuchtend blaue Augen. Der alte Mann hat leuchtend blaue Augen, in denen irgendwann ein Traum verlorengegangen war. Sie leuchten in ihren Gedanken mit den Birken um die Wette. Er setzt sich mit seiner Zeitung und der größten Selbstverständlichkeit eines Güte empfangenden Menschen, was sie stolz macht.

Er hat ihr einen Stein mitgebracht, auf dem er eine Sonne gemalt hat und legt ihn in ihre Hand. Die Sonne spürt Elena als leises Kribbeln auf ihrer Haut. Es wandert ihren Unterarm nach oben, hinterlässt eine Gänsehaut und versickert in all jenen Stellen ihres Körpers, die nicht von ihrem Schutzpanzer bedeckt sind.

***

„Sie müssen kommen“, ruft eine Männerstimme vom Flur und klopft gegen die Tür ihres Hotelzimmers. Shirin schließt die Augen. Sie konzentriert sich auf ihre Schachfiguren, die hat sie im Griff. Dort bewegt sie König und Dame und Türme und Läufer. Sie denkt so gut wie ein Mann und ihr Land ist stolz auf sie, während es anderen Frauen das Recht auf Bildung und Freiheit abspricht, sie verhaftet, wenn sie kein Kopftuch tragen oder einfach ihre Rechte einfordern. Frauen dürfen nicht denken, es sei denn, sie können als Schachgroßmeisterin ihr Land im Ausland vertreten. Shirin schließt die Augen.

Letzte Woche wurde eine Freundin von ihr verhaftet. Sie weiß nicht, wie es ihr geht. Meral. Meral mit ihrem großen Herz für Hunde. Wann immer sie einen sah, hat sie herauszufinden versucht, wie es ihm geht in seinem Zuhause und falls diese Recherche nicht zufriedenstellend war, dann hat sie einfach die Sache selbst in die Hand genommen und nach einem Zuhause für den Hund gesucht. Meral sagt, ein gutes Zuhause ist der Anfang von allem, ein schlechtes dagegen das Ende. Sie war sehr stolz auf ihre Freundin.

„Du bist so schlau", sagte Meral eines Tages, „das muss den Männern in diesem Land doch eine Lehre sein. Du bist wie ein gutes Zuhause für alle Frauen, du bist der Anfang von etwas Gutem."

Shirin sieht Meral vor sich wie sie mit blutiger Lippe auf der Straße steht. Eine Faust hat sie getroffen und zu Boden geworfen. Sie ist wieder aufgestanden und hat ihr Schild in die Höhe gehalten. Jemand hat ein Foto gemacht. Shirin erinnert sich, dass ihrer Freundin die Tränen über die Wangen liefen ob der ohnmächtigen Wut, für die sie kein Ventil fand. Das Foto erschien bei Facebook. Shirin kann es sich nicht mehr ansehen. Wahrscheinlich hat ihre Freundin da schon gewusst, dass sie gleich verhaftet wird. Seitdem hat sie nichts weiter von ihr gehört. Bei Facebook gehen Gerüchte um. Meral, die Freundin der Schachgroßmeisterin, im Gefängnis. Ein Exempel. Während die Schachgroßmeisterin in München weilt und dort ihre innige Nähe zu ihrem Land bestätigen könnte.

Oder eine Chance für ein Statement wittern könnte. Haltung zeigen. Für die Frauen im Iran.

Chancen, die keine sind.

Shirin ist wütend und hat Angst und ist wieder wütend, aber vor allem verzweifelt. Draußen werden ihre Begleiter unruhig.

Sie blickt auf ihr Handy und scrollt durch Facebook. In ihrer Heimat werden Menschen hingerichtet. Sie steht in einem Hotelzimmer in München und wird in Kürze an einem Schachbrett sitzen. Ihr Spiegelbild ist blass. Wie unwirklich Gegenwart doch sein kann.

München, 8. 30 Uhr

Der Hotelflur kommt ihr ungewöhnlich lange vor. Im Aufzug steht sie zwischen ihren beiden Begleitern. Sie ist zwar die Großmeisterin, aber hier ist klar, wer etwas zu bestimmen hat und wer nicht. Sie soll ihren Ausweis erst wieder erhalten, wenn das Turnier vorbei ist. Einer der beiden Männer kontrolliert gerade ihr Smartphone. Facebook: „München ist schön, das Turnier gut besetzt, die Chance toll. Das Leben ist einfach. Heimat das Wichtigste. Love Iran."

Shirin sitzt an dem Tisch. Ihr erster Gegner ist ein Mann um die 50. Er schwitzt und ist nervös, vielleicht weil er weiß, dass er gegen sie keine Chance hat. Nicht jeder Mann verliert gern gegen eine Frau. Zumal im Schach. Strategie für Meister, ein Sport für große „Denker". Aber vielleicht stimmt das auch gar nicht und er schwitzt, weil er etwas übergewichtig ist. Shirin will keine Vorurteile haben. Sie ist im Krieg, aber im Moment nur auf den schwarz-weißen Feldern. Ihre Begleiter haben sie im Blick. Das Spiel beginnt. Shirin spielt und weiß vom dritten Zug an, dass sie gewinnen wird. Es ist zu einfach. Das gefällt ihr nicht. Sie schweift in ihren Gedanken ab, denkt an Meral, deren Krieg ungleich schwerer ist – jener für Hunde wie auch jener für die eigenen Rechte. Plötzlich findet Shirin ihr Spiel sinnlos. Ein Sieg in Unfreiheit errungen ist kein Sieg. Muss es beim Siegen nicht zwangsläufig auch um Freiheit gehen? Was, wenn sie einfach aufstünde und aus diesem Hotel spazieren würde? München soll eine aufregende Stadt sein. Freiheit. Luft zum Atmen. Meral. Sie würde Meral anrufen und einfach zu sich holen. Sie würden gemeinsam durch die Straßen laufen und sich mit anderen Menschen treffen. Sie würden sich die Sonne auf ihr Haar scheinen lassen und studieren. Sie muss lachen. Der Mann sieht sie verstört an. Beinahe hat sie es verpasst, ihren Zug zu machen.

Drei Züge noch, höchstens vier. Sie ist ein wenig gelangweilt, überlegt, absichtlich einen schlechteren Zug zu machen. Dann begreift sie: Es ist nicht Langeweile, die ihr die Laune verdirbt, vielmehr die Sinnlosigkeit ihrer Träume …

***

Katja hat noch immer nicht die Enter-Taste gedrückt. Die Gedanken rasen durch ihren Kopf, indessen ist die Zeit wie zähflüssiger Honig in den Ritzen zu eng gewordener Bodenplatten hängengeblieben. Immer wieder denkt sie, dass es da doch einen Ausweg geben muss, aus der Angst in ihrem Kopf. Aus diesem Gefängnis. Frauen leben so oft in einem Gefängnis, selbst wenn die Gitter unsichtbar sind. Katja fühlt sich doppelt gedemütigt, wenn Facebook ihr wieder einmal mitteilt, dass ein weiterer Kommentar nicht gegen die Regeln verstoße …

Es ist nicht real, sagt sie sich, immer und immer wieder, und doch bekommt sie all diesen verbalen Hass nicht aus ihrem Kopf. Hört an dieser virtuellen Grenze ihr Mut auf?

Sie ist wütend, dass sie seit zwanzig Minuten hier sitzt und auf ihren Laptop starrt und sich tatsächlich so einschüchtern ließ, dass sie nun beinahe ihren Account löscht. Sie will nicht leise werden, sie will ihre Meinung sagen, immer und immer wieder gegen rechtsradikale Kräfte und menschenverachtenden Populismus, gegen Rassismus und Antisemitismus, gegen Frauenfeindlichkeit und Klimaleugner laut werden.

Sie ballt für einen Moment beide Fäuste. Sie will sich nicht mundtot machen lassen. Sie will ihre Meinung behalten und mitteilen – wo immer und wann immer das möglich ist. Das ist ihr Recht und davon wird sie Gebrauch machen.

Sie kehrt zurück auf ihr Facebookprofil, postet ein Foto von sich, zeigt sich kämpferisch und schreibt: „Egal wie viel Gegenwind – ich bleibe eine Stimme."

München, 9.10 Uhr

Shirin setzt den Springer nach vorne. „Schachmatt", sagt sie lächelnd. Er nickt ihr anerkennend zu und reicht ihr die Hand. Sie hat sich offenbar in ihm getäuscht. Er sagt, sie habe großartig gespielt, er habe von Anfang an gewusst, dass er keine Chance haben würde, aber es sei ihm eine Ehre gewesen, da er sie und ihr Spiel sehr bewundere. Für ihren Mut.

Sie schluckt. Ihr Blick fällt auf den umgeworfenen König und die Dame, die dort steht, im Hintergrund. Im Augenwinkel sieht sie ihre Begleiter am Rand stehen. Sie unterhalten sich. Es geschieht im Bruchteil einer Sekunde, dann wird ihr klar: Das hier ist kein Sieg. Sie holt ihr Smartphone aus ihrer Tasche und geht bei Facebook live, dann reicht sie es dem Mann. „Könnten Sie mir einen Gefallen tun?"

Er nickt, überrascht.

In einer schnellen Bewegung reißt sich Shirin das Kopftuch herunter und schüttelt ihre langen dunklen Haare. Sie sieht, dass sein linkes Auge zuckt. Vermutlich weiß er um die Tragweite.

„Filmen Sie weiter", sagt Shirin und fügt noch hinzu: „So lange es geht."

Er hält die Kamera. Schweißperlen rinnen an seinen Schläfen hinab. Dies ist aufregender als das zuvor verlorene Spiel. Er versucht ein Lächeln, wieder anerkennend, gleichwohl wirkt es voller väterlicher Sorge. Er sieht sich um. Andere haben ebenfalls bemerkt, dass etwas vor sich geht. Journalisten zücken ihre Kameras. Das ist gut, denkt Shirin.

„Ich bin Shirin Karimi."

Deutschland ist *für* Freiheit, sie unterstützen die Freiheit jedes einzelnen. Auch die Freiheit der Frauen. *Gerade* die Freiheit der Frauen

… Die Demokratie ist die einzige Staatsform, die sich für die Freiheit der Frauen … Rettung! Sie hebt die Faust und ruft den Journalisten entgegen: „Für meine Freundin Meral Ahmadi. Sie sitzt im Iran im Gefängnis, weil sie für Frauenrechte auf die Straße …"

14 Sekunden. 14 Sekunden dauert die Informationsverarbeitung von der Aufnahme bis zum Live-Stream auf der Internetplattform. Ein Zeit-Loch. Als der Film bei Facebook erscheint stehen ihre Bewacher bereits neben ihr.

***

Katja fühlt sich besser als vor einer Stunde. Sie ist Hauptkommissarin, sie kann mit Krisensituationen umgehen. Die Angst, so sagte ein Kollege zu ihr, sei nur in ihrem Kopf, auf jeden Fall nicht real. Eingebildet habe er bewusst nicht gesagt, denn das sei es natürlich nicht, aber eben nicht existent in der Welt da draußen. Sie müsse sich das nur immer wieder sagen.

Sie färbt sich kurzerhand ihre Haare wieder leuchtend rot und verlässt ihre Wohnung zum ersten Mal seit drei Tagen. Vor ihrem Haus bleibt sie einen Moment stehen und sieht an den Himmel. Der leichte Wind spielt mit den Blättern der Birken, eine Aussicht wie durch ein Kaleidoskop. Zum Spaß formt sie mit ihren Händen ein Fernglas und hält es sich vor ihre Augen. Wunderschön denkt sie. Von oben betrachtet bin ich ein roter Punkt in hellem Grün und Blau. Gegenüber sitzt ein alter Mann in einem Café und hat eine Zeitung vor sich auf dem Tisch liegen. Von Zeit zu Zeit blättert er eine Seite um und nippt an seiner Tasse. Sie weiß, dass er abends in einem Hauseingang ebendiese Zeitung als Decke verwenden wird. Sie weiß auch, dass er diesen Kaffee immer von der netten Bedienung in diesem Café spendiert bekommt. Elena heißt die Frau, die ihr so gut gefällt, die sie aber noch nie angesprochen hat. Elena wirkt immer ausgeglichen und freundlich. Elena war ein ruhender Pol in ihrer Aussicht aus ihrer Wohnung, die ihr wie ein Gefängnis vorgekommen war. Elena unter den Birken. Immer leichtfüßig unterwegs, leichtfüßig und elegant. Vielleicht weil sie mit sich im Reinen ist. Katja atmet tief durch, die Luft unter den Birken schmeckt nach Freiheit.

Sie wird sich weiter für Frauenrechte einsetzen. Sie wird sich bei der Zentralstelle zur Bekämpfung der Internetkriminalität bei der Generalstaatsanwaltschaft Frankfurt melden, sie wird sich stark machen, dass anderen Frauen, die Opfer digitaler Gewalt werden, Hilfe zuteilwird. Sie wird mit ihrer Angst an die Öffentlichkeit gehen, ganz gleich was die Kollegen denken. Sie wird sich nicht unterkriegen lassen – die Menschen müssen lernen, dass Hass und Hetze keine Meinungsäußerung sind, dass es kein Recht auf Positionen gibt, die andere Menschen einschüchtern. Und sie wird Elena ansprechen und mit ihr einen Kaffee …

***

Es ist eine spontane Eingebung und die einzige Gelegenheit. Sie müssen an den Journalisten vorbei, die die Kameras auf sie gerichtet halten, als erwarten alle, dass da etwas passiert. Ihre beiden Begleiter neben sich spürt Shirin, dass sie es jetzt wagen muss. Hier auf dem Weg aus dem Raum mit all den Schachspieltischen. Heraus

aus dieser vorgegaukelten Freiheit, die für sie an der Schwelle endet. Sie hebt die Hand und tritt vor die Journalisten, während ihre beiden Begleiter einen Schritt zurückbleiben. Sie hört, was sie sagen, hört die unverhohlenen Drohungen, jetzt keinen Fehler zu machen, nicht noch einen. Sie erinnern sie an den geistigen Führer ihres Landes, den sie doch stolz machen wolle. Shirin will Meral stolz machen, sie will die Frauen ihres Landes stolz machen, obwohl, es ist nicht Stolz, um den es hier geht, es geht um ihre Freiheit, um ein Leben in Freiheit und Würde, darum, sich nicht länger einsperren zu lassen. „Ich will Asyl in Deutschland“, sagt sie mit solch lauter und ungebrochenen Stimme, dass sie selbst überrascht ist. So hat sie ihre Stimme noch nie gehört. Und dann geht sie einfach an den Journalisten vorbei, sieht das Blitzgewitter, und dass ihre Begleiter an ihren Handys hängen, doch schon ist sie von Journalisten umringt und lässt sich von ihnen nach draußen begleiten. Bis zu einem Taxi. In das steigt Shirin mit erhobenem Kopf ein.

Sie fällt in den Sitz, sieht sich um und beobachtet die kleiner werdende Menge an Journalisten in deren Mitte jetzt ihre beiden Begleiter stehen, wild gestikulierend. Der eine fährt sich mit den ausgestreckten Fingern der rechten Hand über die Kehle. Und es ist ihr Hals, den er meint. Sie lässt sich in den Sitz zurückfallen. Der Taxifahrer beobachtet sie im Rückspiegel. Er sieht aus, als wäre auch er aus einem fernen Land in München gelandet. Ob er glücklich ist? Ob er weiß, dass hier die Freiheit auf alle lauert? Lauert? Denkt sie, und wundert sich, dass sie die Freiheit als ein Tier denkt, das sich im Gebüsch verbirgt, als ginge von ihr eine Gefahr aus. Shirin schüttelt den Kopf, lacht, atmet tief ein und aus.

„Wohin?“, fragt der Mann und fügt hinzu: „Das war ja ein ganz schöner Auflauf. Sind Sie berühmt?“

„Ich bin Schachmeisterin.“

„Oha. Die aus dem Iran?“

Shirin lacht. „Genau die.“

Er deutet auf seinen Kopf. Sie weiß, dass er ihren meint. „Probleme?“

Shirin nickt. „Einen Haufen Probleme.“

„Wohin also soll es gehen?“

Shirin sieht aus dem Fenster. „An einen schönen Platz. Ich muss nachdenken.“

Es dauert nicht lang, dann hält das Taxi auf einem Platz mit Birken. Shirin steigt aus und begreift, dass sie kein Geld hat. Auch keinen Ausweis. Sie entschuldigt sich. Der Taxifahrer winkt ab.

„Mein Beitrag zu ihrem neuen Leben. Und wenn Sie interviewt werden, können Sie mich ja erwähnen.“ Er grinst und meint es ernst. „Viel Glück“, fügt er noch hinzu, dann fährt er weg.

Shirin sieht sich um. Auf der einen Straßenseite steht eine Frau mit leuchtend roten Haaren. Sie hält ihre Hände wie ein Fernglas vor ihren Augen und blickt in den Himmel. Sie hat eine unglaubliche Ausstrahlung. Shirin würde am liebsten zu ihr gehen und ihr das sagen, sagen, dass sie sie an ihre Freundin Meral erinnert. Es würde sie nicht wundern, wenn die Frau mit den roten Haaren sich gleich zu einem der vorbeigehenden Hunde bücken würde.

Auf der anderen Seite ist ein kleines Café. Eine hübsche zierliche Frau geht gerade mit einer Kaffeekanne an den runden Tischen vorbei. Jetzt beugt sie sich zu einem alten Mann und schenkt ihm nach. Er lächelt. Shirin sieht, dass er strahlend blaue Augen hat. Er wirkt einsam. Vielleicht sollte sie sich dazu setzen und fragen, was er ihr raten würde. Wo soll sie jetzt hin? Ohne Geld und ohne Ausweis?

***

Katja nimmt die Bewegung hinter den Mülltonnen erst verspätet war, zu sehr war sie in ihren Gedanken versunken. Ein etwa ein Meter 80 großer Mann springt aus der Deckung, sein Gesicht ist vermummt. Er benötigt zwei Schritte, um sich vor ihr aufzubauen. Es gelingt ihr nicht einmal zu schreien, dann spürt sie einen stechenden Schmerz im Unterleib. Es dauert nur wenige Sekunden, dann dreht er sich weg und rennt davon. Über den Platz, rüber zu dem Café. Elena wird … Sie sieht an sich hinab. Blut tropft auf den Boden. Sie greift mit der Hand an die Stelle, wo das Messer sie verlassen hat. Blut läuft auch über ihre Hände. Ein absurder Gedanke der Erleichterung überkommt sie, endlich ist die Bedrohung real und greifbar, das hier ist nicht virtuell. Endlich wird man ihr glauben: *Gedanken – Worte – Taten.*

Sie taumelt zwei Schritte, blinzelt, die Birken verschwimmen vor ihrer Sicht, ein Blatt fällt langsam zu Boden, eine Taube stolziert darüber hinweg, weiß mit braun gesprenkelten Flügeln. Ach, denkt

Katja, wie schön diese Taube doch … Das Blätterdach dreht sich im Kaleidoskop und Gesichter mischen sich dazu. Und weitere Tauben. Sie hört den Wind in den Blättern, es kitzelt ihre Gedanken, dann gleitet sie zu Boden. So langsam wie ein Blatt.

***

Elena schreit und lässt die Kaffeekanne fallen. Die junge Frau, die eben aus dem Taxi gestiegen ist, rennt sofort los. Elena zieht ihr Handy aus ihrer Hosentasche und wählt den Notruf, dann rennt auch sie zu der am Boden liegenden Frau mit den roten Haaren, die sie schon seit ein paar Tagen nicht mehr gesehen hatte. Wo war der Täter auf einmal hergekommen?

Elena kniet sich auf den Boden, sieht dass die andere junge Frau ihre Hände auf die blutende Wunde am Bauch presst. Sie sieht das Blut pulsieren und alles färbt sich so rot wie die Haare der Verletzten. Sie spricht sie an, sagt ihren Namen, verspricht, dass der Krankenwagen unterwegs sei, fleht sie an, durchzuhalten, hält ihre Hand, fragt wie sie heißt, um sie bei Bewusstsein zu halten. Immer wieder stellt sie Fragen, versucht ein Gespräch zu führen. Wach bleiben, einfach wach bleiben, das hat sie in Filmen doch immer gesehen. Die andere Frau heißt Shirin. Wie die Schachgroßmeisterin, denkt Elena noch, die sie so sehr bewundert, dann erzählt die andere prompt, dass sie von ihrem Schachturnier geflohen sei.

Um sie herum wächst eine Menge, zwei junge Männer filmen.

Elena hält die Hand von Katja und jetzt auch die von Shirin. Sie sind drei Frauen, die nun auf ewig miteinander verbunden sein werden. Elena denkt an ihre zweite Haut und wünscht sich, dass sie Katja davon etwas abgeben kann. Ein Schutzschild gegen böse Geister. Hände in Händen in Blut. Katjas Blut. Es fließt und ihr Gesicht wird immer blasser und doch lächelt sie Elena an und flüstert mehrmals: „Bleib bei mir."

Dann erscheinen zwei große Männer im Blickfeld von Elena. Sie sind keine Ärzte. Elena sieht, dass Shirin erschrickt. Ihre Augen schweifen über die Umgebung als suchten sie nach einem Fluchtweg. „Hau ab", flüstert Elena ihr intuitiv zu, doch Katja drückt die Hand von Elena und jene von Shirin und Shirin legt Katja ihre andere Hand auf die Stirn.

Die beiden Männer kommen zielstrebig auf Shirin zu.

Sie flüchtet nicht.

Und dann ist Elena allein mit Katja. Tränen laufen über ihr Gesicht. Sie sind so warm wie das Blut auf ihren Händen.

20 Uhr, Tagesschau:

München: Die Hauptkommissarin Katja Feihinger wurde aus bislang unbekannten Gründen vor ihrer Wohnung niedergestochen. Feihinger hatte sich für einen besseren Opferschutz für Frauen stark gemacht und war zuletzt selbst Opfer eines Shitstorms in den sozialen Medien geworden. Ob der Überfall damit in einem Zusammenhang steht, konnte die Polizei noch nicht bestätigen. Feihinger liegt im Krankenhaus, der Zustand sei lebensbedrohend.

***

Die Schachgroßmeisterin Shirin Karimi sorgte bei ihrem ersten Auftritt bei den Schachmeisterschaften für Aufsehen, als sie nach dem Spiel ihr Kopftuch abnahm. Sie ließ sich von ihrem Gegner filmen für ihr Facebook-Profil und erinnerte an ihre Freundin Meral Ahmadi, die derzeit im Gefängnis sitzt. Ob dieser Auftritt für die erst 22-jährige Iranerin Karimi Konsequenzen haben wird, ist unklar. Nach dem Auftaktspiel, das sie souverän gewonnen hatte, verschwand sie im Beisein der Presse und wurde erst am Mittag wieder im Hotel gesehen. Zu einem weiteren Spiel am Nachmittag trat sie nicht an. Wo sie sich aktuell befindet, ist unklar. Aus Regierungskreisen im Iran heißt es, man sei enttäuscht. Es bleibt abzuwarten, ob Karimi eventuell Asyl angeboten wird, wie sie es gefordert hatte. Noch gab es keine Stellungnahme der Bundesregierung.

***

Elena schließt die Tür zu ihrer Wohnung auf. Die stickige Luft eines viel zu langen Tages strömt ihr entgegen. Wie schön wäre es, wenn ein Hund auf sie warten würde. Wenigstens. Freude. Augen, die einen willkommen heißen. Weiches Fell. Geborgenheit.

Auf der Schwelle bleibt sie stehen. Ihre Hände zittern. Die Haut schmerzt vom vielen Hände waschen. Katja mit den roten Haaren. Ihr Schlüssel ist in Elenas Handtasche. Er hatte auf dem Boden gelegen, niemand hatte sich darum gekümmert und dann hat Elena ihn einfach aufgehoben und eingesteckt. Sie weiß nicht weshalb, aber jetzt erinnert sie sich an ihn. Und an Shirin, die nicht geflüchtet ist und nun wohl wieder im Flugzeug zurück in den Iran sitzt. Elena sieht sich wieder dort auf dem Platz sitzen. Sie hatten sich alle drei and den Händen gehalten. Hand in Hand in Blut. Verbunden.

Auf ihrer Kleidung ist noch immer Blut. Sie wartet. Auf dieser Schwelle zwischen der Welt draußen und der kleinen Insel, die sie sich geschaffen hat. Geborgenheit der Träume. Der Übergang, an dem sie die eine Haut abstreifen muss, sonst würde sie alles in ihr Refugium tragen.

Und wenn es ihr nun nie mehr gelingt, diese andere Haut loszuwerden?

Hand in Hand. Ihre Hände zittern. Die Schwelle wirkt unüberwindbar als wäre eine unsichtbare Mauer gewachsen. Sie denkt über Freiheit nach – Shirins Freiheit, Katjas Freiheit, ihre eigene Freiheit.

Sie betritt ihre Wohnung und die Haut bleibt auch nach langem Duschen an ihr haften. Ohne Abendessen geht Elena ins Bett und träumt davon, ihren Chef anzuzeigen und dann das Café zu übernehmen. Gemeinsam mit Katja und Shirin. Und der alte Mann würde ihnen helfen.

Und irgendwo in München legt sich ein alter Mann in einen verlassenen Häusereingang und deckt sich mit seinem Mantel und einer Zeitung zu. Im Gesicht das Lächeln eines Morgens unter den blauen Augen und auf die Stirn liegen gemalt die Sorgen, dass seiner Elena dasselbe passieren könnte wie dieser jungen Frau mit den roten Haaren …

Der Pferdeschinder

Von Stefan Ummenhofer

Er verließ den Stall, nachdem er zuvor seine beiden Schwerblutrösser Fuchs und Fritz nach deren hartem Arbeitstag dort abgestellt, getrocknet, mit einer Pferdebürste traktiert und mit Hafer und Wasser versorgt hatte und freute sich auf sein Abendessen, das spätere Bier und nicht zuletzt auf seine Fehlfarbe. Dabei rauchte er als guter Fuhrmann, wenn er tagsüber auf dem Bock saß, mehr als nur eine Zigarre am Tag. Nur diese Feierabendzigarre, wenn er alles schon erledigt hatte, war nun mal eine Handelsgold, keine von den sonstigen Fünfpfennigstumpen der Marke Villiger.

Kaum betrat er die bäuerliche Küche, da rief ihm seine Marie zu. „Kurt, da ist ein Brief für dich mit der Morgenpost gekommen, so wie es aussieht, von irgendeinem Amt. Steuer oder sonst was." „Lass mich damit in Ruhe, weiß der Teufel, was die wollen, die können mich mal."

Zuerst wollte er sich an sein Abendessen machen. Raus aus den Gamaschen und den genagelten Arbeitsschuhen, die zum Abend hin drückten. Der Backsteinkäse, die Essiggurke, das Brot, heruntergeschnitten von einem mächtigen Bauernlaib, den sie zur Arbeitserleichterung hierfür an ihren Busen gepresst hatte, war von Marie rechtzeitig auf einem Vesperbrettchen angerichtet worden. Die beiden Töchter standen erwartungsfroh um den Tisch und waren neugierig, was der Vater von seinem Arbeitstag zu berichten hatte. Dass er sie nach den Schularbeiten fragen würde, war nicht zu befürchten. Für ihn war Schule überschätzt.

„Hol mir schnell mal den Most, aber vergiss nicht den Hahn zuzudrehen, sonst muss ich dir einen ordentlichen Denkzettel verpassen", befahl er der Älteren der beiden Mädchen. „Ja, Vater, bestimmt nicht, ich gehe schon." Gerlinde nahm den grauen Krug, der mit blauem Delfter Dekor verziert war und stieg über eine hölzerne Stiege in den dunklen Keller, den sie erst seit einiger Zeit alleine zu betreten wagte. Dort stand das 500 l Fass an prominenter Stelle, daneben der riesige Zuber, worin in dem salzigen Sud mit Lorbeer und sonstigen Gewürzen zwei Schweinehälften lagen. Sie werden in drei Wochen in einer Räucherkammer bei einem befreundeten Müller zum Schwarzwälder Speck reifen. Ohne den wertvollen Most verschüttet zu haben, kehrte das Mädchen in die Wohnküche zurück.

„Es soll Krieg geben, Vater", sagte sie. „Wer hat dir denn diesen Blödsinn erzählt?". „Unser Lehrer, der Herr König." „Ach was, typisch für diesen Nazi und Wichtigtuer. Halt, das hast Du nicht gehört, erzähle das niemandem. Was hier im Haus gesprochen wird, bleibt unter uns. Ist das klar? Will keine Schwierigkeiten bekommen, die Zeiten sind doch mies genug, es gibt genügend Übereifrige, die nichts lieber tun, als zur Gestapo zu laufen." „Doch, doch, das hat er gesagt. Wir müssen uns vorbereiten. Wir Mädchen sollen bald schon mal was über erste Hilfe lernen. Zudem soll in jedem Haus ein Luftschutzkeller sein. "

„Was hast du?“ fragte die Frau „Willst du dich beklagen? Endlich haben wir mal ein bisschen Geld im Haus, deine Plagerei mit den Rössern scheint sich langsam zu lohnen.“

„Ach, ich habe immer geglaubt, so gut katholisch wie du bist, solltest du kein gutes Wort für die braunen Gesellen übrighaben. Die zeigen sich doch immer gottloser, das kann dir und deiner Kirche nicht gefallen.“ „Aber unser Erzbischof, seine Eminenz Dr. Gröber, hat in seinem Hirtenbrief doch geschrieben, dass wir gemäß dem Paulusbrief die Obrigkeit zu achten haben, und wir ihr folgen müssen.“ „Na, wenn der das sagt,“ antworte er mürrisch.

Diese Auseinandersetzungen der beiden über Gott und besonders die Kirche, die in der Region nur katholisch sein konnte, gehörten fast zum täglichen Ritual.

Überraschenderweise fragte Kurt doch seine jüngere Tochter, die Hedwig, ob ihr Lehrer auch solche Sachen erzählen würde, dass es bald Krieg geben würde. „Nein, er will aber, dass wir das Lesebuch der vierten Klasse endlich mitbringen, sonst könne er sehr unangenehm werden.“ “Kannst du nicht das von deiner Schwester übernehmen? Was wir immer für ein Geld für den Schulkram ausgeben müssen!“ „Das gilt nicht mehr, Vater, hat unser Lehrer gesagt. In der neuen Zeit bräuchten wir auch neue Lesebücher, die uns die Liebe zu unserem Land und dem Führer lehren.“

„Himmelherrgott, hört das denn nimmer auf! Können die Nazis uns nicht endlich in Ruhe lassen. Was soll denn dein neuer Leseschinken denn kosten?“ „Zweimarkfünfzig“, antworte Marie. „Ich habe es schon im Buchladen bestellt, weil mir die Hedwig schon zwei Wochen damit in den Ohren liegt." „Da rackert man sich für so was ab. Wenn die Nazis glauben, sie müssten unsere Kinder nach ihrem Glauben belehren, dann sollten sie den Bücherkram auch selbst bezahlen." „Vater sei nicht böse, Herr Brachert sagte, dass eine neue Zeit angebrochen sei, und wir Kinder wären die Zukunft Deutschlands und müssten uns dafür vorbereiten, dass wir eines Tages auch dem Vaterland mit allem, was wir haben, dienen. Gerade auf uns Mädchen käme es an. Wir sollten Mütter einer starken neuen Generation werden. Unsere Söhne sollten wehrfähig werden. Sie sollten hart sein wie Stahl, schneller als die Hunde laufen und zudem zäh, wie ich weiß nicht mehr was sein."

„Für Politik habe ich mich nie interessiert, aber das, was jetzt ist, ist mir einfach zuwider. All die Fahnen, die Uniformen, Jeder glaubt, er bräuchte so was, der Jubel über die Anschlüsse des Saarlandes, Österreichs, des Sudetenlandes und Tschechiens und was weiß ich noch, das führt doch in den nächsten Krieg. Der letzte steckt mir noch arg in den Knochen."

„Der kommt doch, das habe ich doch gesagt," warf Gerlinde ein. „Sei nicht so vorlaut, sonst kannst du gleich nach oben in dein Bett gehen." Kurts Laune erreichte seinen ersten heutigen Tiefpunkt. Den täglichen Ärger hatte er noch nicht überwunden. Der Rücken schmerzte, und dann hatte er auch noch den Anraunzer vom Förster über sich ergehen lassen müssen, weil ihm Fritz als Rückepferd zu langsam war. „He, du, wenn du weiter für uns arbeiten willst, dann sieh zu, dass dein Gaul sich bewegt. Wir zahlen dir doch keine zwei Mark und achtzig die Stunde fürs Rumstehen.“

Der Förster war ein Widerling. Er hatte im Krieg einen Arm verloren und war vermutlich auch deshalb bei der Vergabe der Stelle bevorzugt behandelt worden. Kurt hätte da nichts dagegen gehabt, aber wahrscheinlich spielte dessen Schwager hierbei eine Rolle, der im Stadtrat saß und sich überall in seiner SA-Uniform als Scharführer großtat. Ein Brauner schon vor 1933. Wäre er in der Partei, dann hätte er es auch einfacher, überlegte Kurt. Aber irgendwie wollte er sich mit denen unter keinen Umständen gemein machen

Aber das Leben ging auch unter der Diktatur weiter und trotz verhältnismäßig guter Auftragslage musste er hart arbeiten. Viele seiner Fuhrmannskollegen arbeiteten am Westwall, hunderte Kilometer von hier weg und verdienten dort sehr gutes Geld, auch wenn sie kaum noch nach Hause kamen. Manche von ihnen hatten die Pferde gegen Lastwagen oder einen Bulldog eingetauscht. Somit zogen die Transporterlöse auch für die in der Heimat verbliebenen Fuhrleute an. Er würde sich nie so einen Bulldog oder einen Laster anschaffen.

Den Umgang mit den Rössern hatte er schon von klein auf gelernt. Er erkannte mit wenigen Blicken, wie der Zustand der Pferde war, was sie brauchten. Er konnte kleinere Blessuren auskurieren und wusste auch, wann der Hufschmied oder der Veterinär ranmusste. Schon als Vierzehnjähriger hatte sein Vater, der vor einigen Jahren verstorben war, ihn auf einen 50 km entfernten Pferdemarkt im Hegau losgeschickt, um ein Ersatzpferd für den kleinen Fuhrbetrieb zu kaufen, da eines von den damals vier Tieren zu lahmen anfing und dem Pferdemetzger überlassen wurde.

So war nun mal der Gang der Dinge. Sentimentalitäten konnte sich keiner leisten, auch wenn es damals seinen Vater und ihn hart ankam. Es gab in den eingeweihten Kreisen den bösen Spruch ‚Weibersterben kein Verderben, Ross verrecken, das bringt Schrecken.' Er fand diese als Witz gemeinte Aussage im Gegensatz zu einigen seiner Berufskollegen, die ihn immer wieder gerne zitierten, geschmacklos. Dafür liebte er seine Marie und seine Mädchen doch zu sehr, als dass er sich darüber amüsieren konnte. Man durfte auch die Dinge nicht herbeireden.

Er war damals sehr stolz auf diesen Vertrauensbeweis seines Vaters und hoffte, ihn dabei nicht enttäuscht zu haben. Da er ihn nicht geschimpft hatte, als er dann nach langem Rückweg mit dem neuen Arbeitstier ankam, es war eine schwarze Stute namens Fanny, durfte er annehmen, dass der Alte mit dem Kauf zufrieden war. Eigentlich liebte er alle seine Tiere, die aktuellen beiden, und die inzwischen abgegebenen, auf die Art, wie einer aus dem Schwarzwald zu lieben in der Lage ist.

Das Fuhrgeschäft Sänger gab es nun in der vierten Generation. Kurt wusste, dass es eines Tages aufhören würde mit dieser Tradition. Die Töchter würden den Betrieb wohl kaum übernehmen können oder wollen. Außer, sie fänden für ihn einen Schwiegersohn, der sich auf so etwas einlassen würde. Aber dieser würde dann bestimmt die Pferde abschaffen und auch einen Lastwagen kaufen wollen. Da musste man sich nicht darum kümmern, dass genügend

Futter, sprich Heu und Hafer, eingelagert wurde, was immer viel zusätzliche Feldarbeit, meist abends oder am Wochenende bedeutete.

Obwohl, da gab es seit Neuestem eine Frau im Städtchen. Stark wie ein Mann, verkaufte sie nicht nur von ihrem hartgummibereiften Holzleiterwagen runter zentnerweise die Briketts und Eierkohle, sondern wuchtete diese auch auf Wunsch in den Keller der Kunden und ließ sich nie anmerken, dass dies ihr Mühe machte. Eine besondere Frau, die er bewunderte. Zumal es im Großdeutschen Reich gar nicht gerne gesehen wurde, dass Frauen als Selbständige und gar in einem Männerberuf arbeiteten. Aber vermutlich war man auf dem Bürgermeisteramt froh, dass diese, deren Mann im Krieg geblieben war, nicht der Fürsorge zur Last fiel, zumal sie noch einen achtjährigen Jungen versorgte, von dem niemand wusste, wohin er gehörte. Man konnte pragmatisch sein im Dritten Reich, wenn es dem Staate nutzte.

Kurt merkte plötzlich, dass Ruhe am Tisch war. Die beiden Mädchen wussten ebenso wie Marie, dass sie zu schweigen hatten, wenn Vater nicht selber sprach. Er sah sie an und war ein wenig stolz auf sie.

„Nun gib den Schrieb mal her, von dem du erzählt hast. Wollen mal sehen, was die hohen Herren mal wieder von mir wollen. Irgendeine neue Abgabe, vermute ich. Die glauben wohl, dass ich das Geld genauso leicht verdiene wie sie." Kurt hegte einen Groll gegen alle, die eine Krawatte trugen und nach seiner Meinung richtige harte Handarbeit scheuten. „Was wollen denn die?" Er sah auf dem Kuvert den Stempel der Ortskommandantur. „Die wollen mich doch nicht noch einziehen mit meinen sechsundvierzig Jahren. Ich habe doch lange genug an der Somme im Dreck gelegen und kann nur froh sein, dass ich einer der wenigen bin, die an der Front keinen Schaden genommen haben,“, murmelte er vor sich hin. Er öffnete, las und wurde bleich.

„Heiligs Sakrament“, entfuhr es ihm. „Nein, was die verlangen! Nicht mit mir!“ Marie sah ihn erschrocken an, „Was ist nun, sag schon!“ „Wir sollen unsere Rösser abgeben. Man habe Mobilmachung, da soll jeder seine Opfer bringen. Für Führer, Volk und Vaterland. Pferde seien kriegswichtig. Deshalb müsse die Wehrmacht leider alle bis auf die Unverzichtbaren für die bevorstehenden Auseinandersetzungen requirieren. In acht Tagen käme eine Kommission vorbei, die würde sich den Bestand ansehen und dann entscheiden, welche von unseren Rössern dann eingezogen werden würden. Ja spinnen die denn! Wovon sollen wir dann leben! Ich kann doch die Karre samt Fuhre nicht selber ziehen, oder meinen die, dass wir die Kühe vorspannen sollen? Es werde eine Entschädigung gewährt werden. Ja was soll ich denn damit! Erstens werden die nur einen Bruchteil von dem zahlen, was der Friese und der Schwarzwälder Fuchs wert sind. Und selbst wenn. Da die Banditen alles einziehen, was vier Beine und einen Schwanz hat, kriege ich doch nirgends neue her. Spätestens nach ein paar Monate sind unsere Rösser nichts anderes als Pferdegulasch. Kenne ich doch vom letzten Krieg her.“

„Kurt, bitte nein! Fluche nicht, wenn die Maidle in der Küche sind. Du weißt doch, wie sehr ich das hasse.“ „Du hast wohl nicht begriffen, um was es geht. Da fluche ich nun mal und verfluche auch die ganze Verbrecherbande, die glaubt, es mit mir machen zu können. Mir sind nun mal Fritz und der Fuchs sehr lieb, und ich will nicht, dass sie zu Tode geschunden oder über den Haufen geschossen werden."

Er knallte die Tür zu, so dass das alte Gemäuer bebte, und verließ ungewaschen und in seinem Arbeitskittel, der ihn als Fuhrmann auswies, das Haus. Er stapfte los, immerhin nicht in den filzigen Hausschuhen, sondern in seinen schwarzen halbhohen Lederschuhen, die er nur bei feierlichen Anlässen oder sonntags trug. Den etwas speckigen braunen Hut hatte er auch nicht vergessen. Raschen Schrittes erreichte er nach zwanzig Minuten das „Waldhorn".

Zufälligerweise war es der Tag, an dem sich die ansässigen Fuhrleute zum wöchentlichen Stammtisch trafen. Kurt beehrte diesen nur sporadisch. Er war im Normalfall zu müde, als dass er seine freien Stunden damit vergeudete, sich mit seinen Berufsgenossen zu streiten, sich ihre alten Geschichten zum wiederholten Mal anzuhören, oder die berufstypischen Probleme durchzukauen bzw. blöde Frotzeleien über sich ergehen zu lassen. Allerdings fielen gelegentlich Transportaufträge ab, wenn Franz Meyer, der über sechs Gespanne verfügte, in seinem Kalender eine Überbuchung der Order festgestellt hatte. Die wurden dann von den Kollegen, die Auftragslücken hatten, gerne übernommen. Wer von den Fuhrunternehmern über keinen Telefonanschluss verfügte, kam schwerer zum Zuge, wenn das Forstamt, die örtlichen Tiefbauunternehmen, das Ziegelwerk oder sonst wer eilig ihre Transporte vergeben wollten. Besonders im Winter, wenn kaum etwas los war, dann aber nachts die Schneepflüge zur Straßenräumung ausrücken sollten, hatten jene, die einfach zu erreichen waren, als erste die Aufträge.

Heute war die Atmosphäre in der gut besuchten Wirtschaft anders. Vor allen Dingen war es sehr laut. Selbstverständlich unverändert war das Interieur der verräucherten Gaststube. Im Eck befand sich neben der Theke ein mächtiger Eichentisch, auf dem thronte ein riesiger Keramikaschenbecher mit der Aufschrift "Stammtisch", darüber hing an der Wand ein mächtiges Hirschgeweih, ein Zwölfender, daneben war ein Waldhorn drapiert. Der runde Tisch, an dem nun sechs Männer gewaltig qualmten, war schon was Besonderes und der Stolz des Wirtes. Eine etwa achtzig Zentimeter große Nagelarbeit in Form des Eisernen Kreuzes zierte den Tisch. Ein Relikt aus den Weltkriegstagen. Jeder, der damals eine Mark spendete, durfte einen kupfernen Nagel mit einem breiten Kopf einhämmern. Das Gebilde war fast fertig. Die Kapitulation hatte dazu geführt, dass dieses „Kunstwerk" ein unvollendetes geblieben war. Aber das störte niemanden. Über allem hing ein Fliegenfänger von der Decke, an dem Dutzende dieser Insekten klebten.

„He Kurt, du!" rief einer aus der Runde. „Sieht man dich auch mal wieder! Hast wohl auch einen Brief von der Standortverwaltung bekommen! Willst wohl wissen, was wir darüber denken! Nimm Platz!"

Die Stimmung war jedoch gedrückt. Das war klar zu erkennen. Drei am Tisch, der Rudolf, der Johann und der Josef kannten das amtliche Schreiben beziehungsweise hatten es am gleichen Vormittag erhalten. Die übrigen Franz, Ludwig und der andere Hannes noch nicht. „Macht euch keine Illusionen. Ihr werdet bestimmt nicht darum herumkommen! Oder seid ihr der Meinung, wenn man in der Partei ist, trifft es einen nicht“, stellte der Johann fest. „Quatsch, ich bin nicht dabei. Zudem dürfte der Regimentskommandeur kaum Rücksichten nehmen. Der braucht nun mal unsere Mähren und zwar möglichst viele.“ „Ihr nehmt es so gelassen hin. Ich bin total fertig. Möchte bloß wissen, wie ihr damit umgeht,“ brachte Kurt sich ein. Seine Verärgerung über die abwertende Bezeichnung ihrer Arbeitstiere durch seinen Tischnachbarn schluckte er runter, er kannte ja die lockere Redensweise von Hannes.

„Was willst du machen? Wir werden uns fügen müssen. So war es schon immer. Wenn die Herren pfeifen, muss der Bauer eben tanzen.“ „Ach Blödsinn. Die Zeiten haben sich geändert. Wir sind keine Leibeigenen mehr, der Kaiser hat abgedankt, die Offiziere sind heute meist Bürgerliche und die neue Regierung will ja den Nährstand fördern, wo es nur geht,“ wandte Rudolf ein. „Ich bin kein Bauer, sondern ein Unternehmer,“ erklärte Franz Meyer. „Da wir nicht zu den Bauern zählen, die für die Versorgung der Menschen auch im Krieg wichtig sind, fällt es bestimmt der Militärverwaltung leichter, uns zu enteignen.“

„Was heißt da enteignen? Ihr bekommt doch eine Entschädigung“, schaltete sich Ludwig ein. „Du kennst den Brief nicht. Was die bezahlen, ist nicht mal ein Drittel von dem Preis, den ich für meinen Friesen hinlegen musste,“ konterte Kurt.

„Ich glaube nicht, dass die meinen Max nehmen werden. Der ist ein Invalide. Der sprang mal auf dem Gleis herum, und eine Lokomotive hat ihn am Arsch erwischt und seitdem hat er dort eine dicke

Narbe.“ „Hannes, erzähle keine solche Geschichten, die nimmt dir hier keiner mehr ab. Du bist ja so ein ganz ein Schlauer. Hast ja in der Kronenwirtschaft behauptet, dass dein Arbeitskollege einen Eimer Bier binnen zwei Minuten wegsaufen könne und hast dem armen Max tagelang zuvor kein Wasser hingestellt. Als die Wette dann anstand, soff natürlich dein Gaul wie ein Ulan. Du hast dann die zehn Mark eingestrichen, aber erst nach langen Streitereien. Damit hast du dir in der Stadt keine Freunde gemacht.“

Die meisten anderen kannten die Geschichte noch nicht und waren froh um die vorübergehende Ablenkung von ihren Sorgen. Dennoch fuhr Kurt fort. „Wir haben folgendes Problem: Man nimmt uns die Grundlage für unseren Lebensunterhalt, und wir werden dabei noch betrogen. Wir wissen genau, dass wir unsere Rösser nie mehr wiedersehen werden.“

„Sei vorsichtig mit dem, was du sagst. Unter uns kannst du dich darauf verlassen, dass dich keiner verpfeift. Aber die Wände haben Ohren. Wir sind ja nicht alleine hier.“ Ob er sich da so sicher sein konnte? Aber Kurt war nun mal erregt und deswegen war ihm alles gleichgültig.

„Ich habe doch gesehen, was mit den Rössern im Weltkrieg passiert ist. Sie waren treu bis in den Tod. Sie sind elendig verreckt im Schlamm und Dreck. Die wenigsten sind an Schusswunden eingegangen, sondern an Krankheiten. Einmal rannte ein Ross wie von der Tarantel gestochen. Dann sah ich, dass ihm der halbe Kopf von einer Granate weggesprengt war. Es lief so zwei Meter, dann endlich war es tot. Zum Kriegsschluss wurden dann die schwachen und alten Rösser, die zuvor die Kanonen gezogen haben, einfach erschossen, einige in die Seine getrieben. Für die französischen Pferdemetzger war dies ein Fest. Sie konnten gar nicht so schnell die Tiere zerlegen, wie sie ihnen angeboten wurden. Gut versorgt waren die Tiere jedenfalls nicht. Es gab sogar die Aufforderung, Laub zu sammeln und dieses an das Kriegsamt abzuliefern, weil kein Heu mehr für die Zugpferde zur Verfügung stand. Also dafür sind mir mein Friese und mein Schwarzwälder zu schade."

„Ach Kurt, rege dich nicht so auf. Du trinkst doch immer so gern einen Tuniberg, da ist dein Viertele, der Ruländer hilft dir weiter. Hast du nicht Lust auf ein paar Bratwürste? Sie wurden heute vom Metzger frisch angeliefert," schaltete sich die Anni, die Serviererin ins Gespräch ein. Kurt fiel ein, dass er den Backsteinkäse samt Gurke zu Hause hatte stehen lassen, erklärte aber, ihm sei der Appetit vergangen. Den Weißwein nahm er gerne entgegen und trank einen ordentlichen Schluck, der ihm guttat. Seine Handelsgold zündete er danach auch an. Das gemeinsame Paffen schaffte Vertraulichkeit.

„Ja, wie soll es mit uns weitergehen ohne unsere Rösser?", fragte Johannes. „Die werden uns auch noch, wenn es tatsächlich ernst wird, einziehen, wenigstens die Jungen." „Wir sind doch zu alt dafür. So wie es jetzt aussieht, wird es doch verdammt ernst. Der Pole gibt nicht nach, und die Engländer meinen zu ihrer Beistandsverpflichtung stehen zu müssen. Dann sind die Franzosen ebenso dabei, aber der Führer hat ja immer einen Ausweg gewusst," warf Josef ein, der sich immer für das Weltgeschehen interessierte, ohne alles richtig zu verstehen. Er war der nicht mehr so ganz neuen Bewegung ziemlich zugetan.

„Ja, was wollen wir machen, wenn die uns alle Rösser wegnehmen. Sollen wir dann einen Bulldog kaufen oder gar einen Lastwagen?“ fragte Rudolf.

„Ich werde mich nie in so ein stinkendes Gefährt setzen. Ich mag einfach die frische Luft“, erklärte Hannes. „Ja, ja die frische Landluft von deinem Hof. Dein Misthaufen besteht ja nur aus Schweinescheiße. Warum tust du dir das auch an. Verdienst wohl nicht genug mit deinem Fuhrgeschäft,“ wurde Hannes von Ludwig angeblafft. „Menschenskinder, streiten wir uns doch nicht, wir sollten besser zusammenhalten,“ fuhr Karl dazwischen. „Einen Lastwagen oder einen Schlepper bzw. einen Bulldog, von dem ihr immer redet, werdet ihr jedenfalls sobald nicht bekommen. Die Lanz-Werke in Mannheim werden sicher auf Kriegsproduktion umgestellt werden und dann bald Panzer und solches Zeug produzieren.“

„Da wirst du recht haben,“ bewunderte Josef den Ersten in der informellen Gilde der Fuhrleute. „Es wäre umgekehrt auch schade, wenn wir mit Schleppern und Lastwagen unterwegs wären. Ich glaube nicht, dass wir uns dann noch häufig auf unseren Touren in den Wirtschaften treffen könnten. Da wäre keine Gemütlichkeit mehr, kein kleines Schwätzle bei einem Gläschen wärmenden Schnaps.“

Da waren die meisten sich einig. Denn ein echter Fuhrmann ließ kein Lokal aus, außer er hätte sich mit dem Wirt verkracht, und wenn die nächste Beiz nur 300 m von der anderen Wirtschaft entfernt läge. So war es guter alter Brauch und den Rössern war es auch recht, wenn sie sich ausruhen konnten und Wasser sowie etwas Heu bekamen.

„Es heißt doch immer, unsere Wehrmacht sei so großartig motorisiert. Sie bräuchten so was Altmodisches wie Rösser gar nicht mehr."

„Der Bedarf an Pferden hat auch damit zu tun, dass die Herren Offiziere reiten wollen, während die Mannschaften und Unteroffiziere zu Fuß in der Kolonne nebenherlaufen müssen. Es gibt halt bei uns immer noch die alten Standesunterschiede. Die Offiziere wollen auch heute noch ihre Vorrechte behalten", stellte Franz Meyer fest. „Das kennen wir doch noch vom letzten Krieg her. Sie sind halt mal gerne hoch zu Ross, die feinen Herrn, egal ob Wehrmacht oder unter Wilhelm zwo." Er zwirbelte an seinem Schnauzbart, dessen kurze Enden kein ‚Es ist erreicht' widerspiegelte, weshalb er nur bei zwei seiner Kumpanen einen Lacher erzielen konnte. „Und nur wegen diesen Scheißkerle sollen wir unsere Rösser abgeben, damit die damit angeben können," warf einer ein.

Nun trat ein Unteroffizier in Uniform an den Tisch. Er hatte drei Tische weiter weg gesessen, seine Halbe genossen und wohl gelauscht. „Hört zu, ihr redet wie die Blinden von der Farbe. Erstens: Natürlich haben wir Lastwagen in der Kaserne. Das dürfte ich nicht erzählen, aber ich will euch erklären, weshalb wir eure Zossen brauchen." „Sei vorsichtig," fuhr Kurt ihn an, wurde aber von dem Uniformierten nicht beachtet, weil dieser voll im Element war. „Zweitens: Im Krieg sind Pferde einfach besser. Sie brauchen kein Rohöl, fallen nicht so auf, sie sind genügsamer, fressen fast alles und machen keinen Krach. Während ein Lastwagen 20 l auf 100 km wegsäuft, frisst so ein Gaul nur 10 kg Heu am Tag. Das ist leichter zu beschaffen. Es braucht nur dann und wann mal neue Hufeisen, oder wenn es eine Schussverletzung hat, einen Tierarzt oder einen Sanitäter. So viele Pferde hat nun die Wehrmacht nicht, zumal ja jetzt die Reservisten ranmüssen und deshalb das rollende Material nicht ausreicht. Lastwagen werden übrigens nun auch konfisziert. Drittens: Glaubt ja nicht, dass die Herren Offiziere sich auf eure Gäule setzen werden. Die sind nun mal edlere Pferde gewohnt. Zudem, seid vorsichtig mit dem, was ihr sagt," schloss der Unteroffizier seinen Vortrag, „Die Wehrmacht kann da sehr empfindlich sein. Ein falsches Wort und ich werde die Ehre unserer Streitkräfte verteidigen müssen." „Ho, ho", entgegneten gemeinsam die versammelte Fuhrleuteschar, „Du wirst gleich Ärger mit uns bekommen, du Wichtigtuer."

Da griff doch der Wirt ein. „Leute seid doch vernünftig. Der Herr Unteroffizier hat nur versucht zu erklären, weshalb es notwendig ist, eure Rösser einzuziehen. Es ist nun mal so, wie es ist. Damit müsst ihr euch abfinden."

„Einen Dreck werde ich, und wenn du glaubst, für die Partei nehmen zu müssen, suchen wir uns ein anderes Stammlokal," rief Kurt. Darüber hatte er aber bestimmt nicht zu entscheiden, war sich aber sicher, dass die Anderen genau so dachten. Er nahm seinen Hut, warf eine Mark für den Kaiserstühler auf den Tisch, sagte: „Gute Nacht. Ob ich schlafen kann - ich glaube nicht. Behüt euch," und verließ das Lokal. Er hatte genug gehört, aber nichts davon half ihm weiter.

Auf dem Hof angekommen, ging er in den Stall, sah sich Fritz und Fuchs an, kraulte sie um ihre Nüstern, war den Tränen nah, was sehr ungewöhnlich für ihn war, und ging dann doch in seine Schlafkammer. Marie war wach, Gerlinde und Hedwig schliefen.

„Was gibt es Neues, warst wohl im Waldhorn. Was meinen die Anderen?" „Die reden nur und reden, werden brav der Aufforderung des Militärs folgen und zusehen, wie ihre Tiere verheizt werden. Es reicht ja nicht, dass wir wahrscheinlich bald Krieg haben werden, womöglich sind in zwei Monaten die Franzosen hier. Nein, wir sollen auch zusehen, wie wir um unsere Arbeit gebracht werden."

„Ach Kurt, die anderen sind auch nicht dumm, guck dir mal den Karl Meyer an, die wissen, wann man sich fügen muss." „Fall du mir nicht auch noch in den Rücken." „Was nützt es uns, wenn du da Widerstand leistest. Willst du auch abgeholt werden wie die Kommunisten. Schau mal der Albert, der hier mal Gewerkschaftssekretär oder so was war, wie der nach den drei Monaten Lagerhaft zurückgekommen ist. Das ist doch ein gebrochener Mann, sitzt nun zu Hause rum, will auch nichts erzählen. Genauso die zwei, drei Kommunisten, die es bei uns im Städtle gegeben hat. Sie sind einfach verschwunden. Ich mag sie nicht, die Gottlosen, aber ich denke an ihre Frauen und ihre armen Kinder." „Ich werde schon vorsichtig sein, mir wird schon nichts passieren. Außerdem weiß ich gar nicht, was ich tun soll. Nur, viel Zeit habe ich nicht. Ich habe mir schon überlegt, ob ich die Rösser beim Wasenbauer abstellen kann und erkläre, ich hätte Fuchs und Fritz verkauft. Aber da werden sie auch nicht sicher sein, und ganz so dumm ist ja das Militär auch nicht. Sie würden mir die Geschichte nicht abnehmen und mich zwingen zu sagen, wo die Rösser nun sind. Versuch zu schlafen, alles weitere lass meine Sorge sein."

Er drehte sich um, konnte aber nicht einschlafen. Immer wieder kreisten seine Gedanken um seine beiden Rösser. Erst jetzt wurde ihm klar, wie sehr er an ihnen hing, obwohl er eigentlich der Letzte war, der sich Sentimentalitäten leistete. Jedenfalls reifte sein Entschluss immer mehr, seine Tiere unter keinen Umständen abzugeben.

Ihm ging der ganze Tag durch den Kopf und manches mehr. Er war kein Sozi, die Zentrumsleute mochte er auch nicht besonders, das Deutschnationale war ihm fremd und als Kleinunternehmer kamen die Kommunisten auch nicht infrage. Richtig liberal war er auch nicht gesinnt. Eigentlich war er in dieser Zeit eine Rarität, da seine politischen Überzeugungen nicht ausgeprägt waren, aber genau dieser Personenkreis war inzwischen nach den sechs Jahren Hitlerei sehr klein geworden.

Eventuell hätte er sich dem neuen Machthaber doch annähern können, aber da war die Geschichte vom 8. November im vergangenen Jahr, als er beobachten musste, wie das Textilgeschäft seines Schulfreundes Bloch von der SA unter dem Gejohle anderer Kleinbürger, darunter allerlei Weiber der fiesesten Sorte, zertrümmert und sein Freund von den SA-lern mit Knüppeln übel traktiert wurde und schließlich blutend auf der Straße lag. Danach zwangen diese sich als Hilfspolizisten gerierenden Schläger Bloch, trotz seines Zustandes, Trümmer und Scherben aufzukehren und wegzuräumen. „Drecksjud, du gehörst nicht da her. Sei froh, dass wir dir das Leben lassen." „Hau ab! Geh hin, wo es mehr von deinesgleichen gibt, das wäre das Beste für dich und für uns," ergänzte ein weiterer der Braunhemden, den Kurt ebenso nicht kannte. Später erst begriff er, dass diese Halunken aus dem Nachbarort her gekarrt wurden, während die einheimische SA-Schar dort in der ungeliebten Nachbarstadt bei den jüdischen Geschäftsleuten genauso wütete.

Kurt, der zufällig bei diesem Pogrom vorbeigekommen war, traute sich nicht, zu Gunsten seines Freundes einzugreifen. Er sah, wie heute, wenn er nachts nicht schlafen konnte, den Blick des geschundenen Schulkameraden auf sich gerichtet. War er vorwurfsvoll oder nur wissend, dass Kurt ihm nicht helfen konnte? Immerhin hatte er den herumstehenden Schutzmann gebeten, er möge eingreifen, doch dieser rührte sich nicht und riet ihm, am besten rasch zu verschwinden.

Kurt machte sich wegen seines Verhaltens Vorwürfe. Was hätte er riskiert? Er weiß es nicht. Nur, dass er ja nicht der Einzige war, der passiv geblieben war. Womöglich hätten die Applaudierer ihn auch geschlagen und einer der Braunen hätte ihm eventuell den Knüppel über den Kopf gezogen. Aber das unangenehme Gefühl, feige gewesen zu sein, das hing ihm seit damals immer nach, obwohl er sich in Flandern zwischen 1916 und bis zum Ende doch sonst sehr mutig gezeigt hatte, und die Kameraden ihn mochten. Er hat den Rang eingenommen, denn auch der Reichskanzler erreicht hatte, dem eine Beförderung zum Unteroffizier abgeschlagen wurde, weil sein

Kompaniechef ihm die Führungsqualitäten abgesprochen hatte. Aber das konnte natürlich der Fuhrmann und Kleinlandwirt damals nicht wissen.

Bloch hatte seinen Laden bestimmt nicht freiwillig an einen der neuen Parteigenossen verkauft. Der Erwerber war bisher nicht als tüchtiger Kaufmann aufgefallen. Nun führte er den Laden, die Leute kauften dort ein, weil es von der Obrigkeit gerne gesehen wurde, und der neue Besitzer tat sich groß. Zwar hatte Kurt seiner Marie verboten, dort einzukaufen, ihr aber nie den Grund für diese Anweisung erklärt, schlicht weil er sich wegen des Vorfalls schämte. Er konnte nur hoffen, dass sie sich daranhielt. Sie kann ja, dachte er sich, von den fliegenden Händlern, den Haipflern, wie man sie so nannte, kaufen. Die kamen alle zwei Wochen von der Schwäbischen Alb herüber und wussten, dass da zwei Mädchen im Hause waren, die ja in ein paar Jahren verheiratet sein würden und deren Bräutigame und zukünftige Schwägerinnen eine ordentliche Aussteuer erwarteten, die aus Tisch- und Bettwäsche, möglichst Damast, Geschirrtüchern und weiß der Kuckuck was sonst noch zu bestehen hatte. Aber bis dahin werden ja noch ein paar Jahre ins Land ziehen, stellte sich Kurt vor.

Bloch übrigens schaffte es mit seiner Frau und dem Jungen nach England, wie man so hörte. Geschrieben hatte er nach dem Vorfall niemanden. Kurt konnte dies verstehen. ‚Wie kommt er da nur wieder auf die Beine? Englisch hatte man ja in der Volksschule nicht gelernt und das meiste Geld haben ihm die Behörden für die Ausreisegenehmigung abgenommen. Fürs Geschäft hatte man Bloch nur einen kleinen Bruchteil des Wertes gezahlt, wie so gemunkelt wurde.

Schließlich schlief er doch ein, träumte davon, dass er wieder in Belgien an der Front sei und mit seinen beiden Rössern eine zu schwere Kanone zu bewegen hatte, aber nicht vorankam, und deshalb ein Artilleriefeldwebel wie verrückt mit der Peitsche auf die Pferde einschlug. Und als dies nicht half, auch noch auf ihn. Seine Frau, die Marie, weckte ihn und fragte, was los sei. Er habe geschrien.

In den nächsten zwei Tagen ging er während der Arbeit so sanft mit Fritz und Fuchs um, wie nie zuvor. Irgendwie merkten die Tiere diese Veränderung. Während Kurt auf dem Bock saß, hatte er Zeit, sich so seine Gedanken zu machen. Keine seiner Ideen überzeugte ihn.

Zwei Tage später erreichte ihn ein erneutes Schreiben der Standortkommandantur. Es gäbe eine Planänderung. Er müsse sich am 8. September mit den Pferden auf dem Exerzierplatz der örtlichen Kaserne einfinden. Dort solle dann die Musterung stattfinden. Um den Ablauf zu vereinfachen, müsse er jedem Tier der Kategorie II (schwere Zugpferde) eines der beiden beiliegenden Täfelchen, die er bis dahin aufzubewahren hätte, vor der Vorführung an das linke Backenstück des Halfters anheften. Seine Täfelchen hätten die Nr. 61 und 62. So würde er dann bei der Musterung aufgerufen werden.

Umso besser, dachte sich Kurt nach einer Phase des Ärgers. Da gehe ich einfach nicht hin. Die können mich kreuzweise. Eine Ausrede für das Nichterscheinen würde er sich schon noch einfallen lassen. Vielleicht, dass er eines der beiden Rösser zuvor neu zu beschlagen hätte, aber der Hufschmied ihn abgewiesen habe. So was in der Art.

Dann aber erinnerte er sich an das, was Hannes im Waldhorn gesagt hatte. Meinen Max werden die nicht einziehen, das ist ein Invalide. Das könnte die Rettung sein. Was wäre, wenn er die beiden Rösser so zeitig ramponieren könnte, sie also auf das Niveau eines Kleppers herunterdrücken würde, auf dass sie als nicht mehr kriegsverwendungsfähig gelten würde? Danach könne er sie wieder aufpäppeln.

Also entschloss er sich, nicht mit leichtem Herzen, aber was sein muss, muss halt mal sein, dazu, die Tiere auf Diät zu setzen. Er gab ihnen kaum zu saufen und setzte die tägliche Heuration auf ein Minimum herab. Bis zum Vorführtermin, den er eh nicht wahrzunehmen gedachte, waren es noch acht Tage. Aber es blieb nicht absehbar, wann die Musterungskommission bei ihm auf dem Hof stehen würde. Wie er die Militärverwaltung kannte, ließen die nicht mit sich spaßen. Notfalls schickten sie ihre Kettenhunde los, wie die deutsche Militärpolizei wegen ihrer dicken Dienstmarke um den Hals in Soldatenkreisen abwertend hieß. Wenn sie ihm die Pferde stehlen wollten, dann aber sollten sie an ihnen keine Freude haben. Aber so weit wollte er es gar nicht kommen lassen.

Er versuchte Fritz und Fuchs seine Absicht zu erklären. Es war ihm klar, dass sie ihn nicht verstehen würden. Oder doch? Natürlich würden sie unter Hunger und Durst leiden, aber er wollte ihnen durch freundliche Worte vermitteln, dass er ihnen die Diät nur zumutete, weil es keine Alternative gab. Arbeiten musste das Gespann wie gehabt, sonst hätte die Hungerkur nur wenig Wirkung gezeigt.

Es tat ihm unendlich weh, die Tiere so leiden zu lassen. Marie weihte er natürlich nicht in den Plan ein. Sie würde sich damit schwertun, und es bestünde die Gefahr, dass ein Mitwissertum eine Strafe für sie zur Folge hätte. Nicht, dass sie da unsolidarisch wäre. Aber er musste auch an die Maidle denken, wenn sie beide ins Gefängnis müssten.

Der 9. September war verstrichen. Kurt ging dann am zwei Tage später ins Waldhorn um sich umzuhören, wie es gelaufen war. Die Laune unter den Fuhrmannen war entsprechend schlecht. Alle Pferde, die vorgeführt wurden, waren dann auch konfisziert worden. Bis auf Hannes seinen Max. Die Prozedur war abgelaufen, wie man es beim Militär gewohnt war. Der Zahlmeister löhnte das, was von der Kommission, bestehend aus einem Vertreter des Landwirtschaftsamtes, einem Veterinär sowie dem Quartiermeister festgelegt wurde. Die Summe war bescheiden, keiner wusste, was er damit anfangen sollte, denn Geld hatten sie meist genug und zum Kaufen gab es bei der sich abzeichnenden Kriegswirtschaft so gut wie nichts. Zwar hätten sich die Fuhrleute eine Reise nach Baden-Baden gönnen können, oder die Familien neu einkleiden, aber das war nicht ihr Lebensstil. Zudem wollten sie aus dem Judaslohn, so empfand der eine oder andere das, keinen persönlichen Vorteil ziehen.

Kurt wurde von einigen angegangen, weil er sich in deren Augen gedrückt hatte. Sie fanden ihn unsolidarisch. Andere sagten gar nichts dazu. Der Angegriffene verteidigte sich damit, dass er bei seinem letzten Waldhorntermin deutlich gesagt habe, dass er seine Rösser nicht hergeben werde. „Wirst schon sehen, was du von deiner Aufmüpfigkeit haben wirst," drohte ihm Josef.

Aufgrund der doch frostigen Atmosphäre verließ Kurt das Waldhorn und ging noch einen Schoppen im Torstüble trinken. Da war er ungestört und so wollte er dort seinen Gedanken nachhängen. Aber die Laune besserte sich kaum, so dass er das Krüglein Weißherbst rasch in sich reinschüttete. So ging er wieder zurück zu seinem Anwesen.

Anderntags kam per Bote der befürchtete Brief, dem er entnehmen konnte, dass er wegen des Nichterscheinens zur Musterung ein Zwangsgeld von 50 Reichsmark zu zahlen habe, außerdem die Zusatzkosten für den Mehraufwand, der der Kommission durch ihn entstanden sei. Sie werde sich am 15. September bei ihm einfinden. Er solle sich dem Termin nicht entziehen, weil ihm sonst erhebliche Konsequenzen drohen würden.

‚Drei Tage noch, und meine Rösser sind noch nicht genügend abgemagert und das Feld glänzt noch. Das wird eng.' Es waren dann sehr unangenehme Tage. Die Familie bekam die schlechte Laune zu spüren. Am Abend des 14. Septembers ging Kurt in den Stall. Da standen seine Prachtpferde, wenn auch nicht mehr so gut wie vor zwei Wochen. ‚So, wie die jetzt aussehen, nehmen die Kommissknöpfe sie mit.'

Er musste handeln. Und er handelte. Er tat das Unvorstellbare. Er nahm ein Holzscheit, schlug wie ein Berserker auf den Fuchs ein.

Das Tier wieherte vor Schmerz. Danach traktierte er so den Fritz, dann wieder den Fuchs. Blut triefte aus Beinen und Rücken. „Ich gebe euch nicht her, und wenn ihr dabei draufgeht," schrie er. Tränen drangen aus den Augen aller Beteiligten.

Kurt fiel sein Vater ein. Dieser hatte ihn auch mehrfach heftig verdroschen und dabei behauptet, dass er dies nur aus Liebe zu ihm täte, und es ihn genauso schmerzen würde wie den Jungen. Kurt nahm ihm das nie ab, auch wenn sein Vater auf Gottes Willen verwies. Seiner Frömmigkeit hatte deshalb ziemlich Schaden genommen.

Gott, zu dem er wohl nicht das engste Verhältnis hatte, wollte er trotzdem für seine Schändung der Pferde nicht heranziehen. Marie kam von den Schreien der Pferde angelockt. „Jesus, Maria und Josef. Was machst du da, bist du jetzt total verrückt geworden?" Sie wollte ihm in den Arm fallen, aber er wehrte ab. Fast hätte er auch sie weggestoßen.

„Um Himmelswillen, siehst du nicht, was du da machst! Die Rösser, die sind doch dein und alles. Was soll das?" Kurt prügele in einem fort. Beide Pferde lagen seitwärts und waren voller Wunden. Sie waren zerschunden. Lange noch machte Kurt weiter. „Du schlägst sie tot, das kannst du nicht machen!", schrie Marie.

Endlich gab Kurt ermattet auf. Er weinte und fiel in Maries Arme. „Was habe ich getan? Aber ich habe keinen anderen Ausweg gesehen. Ich habe mir geschworen, dass ich Fritz und Fuchs nie hergeben werde. Jetzt habe ich sie fast umgebracht."

Pünktlich wie die Militärs nun sind, standen sie morgens um acht vor dem Sängerischen Hof. Weder auf das Läuten noch auf das Türpochen reagierte Kurt. Schließlich öffnete Marie.

„Die Rösser sind im Stall, aber sie sehen nicht gut aus. Mein Mann ist verrückt geworden." Der Veterinär sah sich dort um, kam zurück. „Nicht zu gebrauchen," konstatierte er. Der Feldwebel sah ebenfalls nach. Ein Laie konnte sofort erkennen, was da los war.

„Das hat Konsequenzen. Sie hören von uns. Das ist Wehrkraftzersetzung. Das wird dieser Bauer bereuen". Kurt lag in den kommenden Tagen im Bett. Marie versorgte die lädierten Tiere, so gut sie konnte. Ihr Tierarzt, den sie gerufen hatte, sah die beiden Pferde an und schüttelte den Kopf. Er versorgte die Wunden und meinte, dass er bei so geschundenen Tiers anraten würde, ihnen den Gnadentod geben. Marie jedoch entgegnete, dass dies nicht infrage käme. Sie würde sich mit all ihrer Kraft um die Rösser kümmern und bat um tierärztliche Ratschläge.

Am 20. September wurde Kurt abgeführt. Die Stadt munkelte, dass er auf den Heuberg verbracht wurde. Das Leben ging weiter. Marie spannte nach sechs Wochen wieder an. Sie musste sich ja um die Familie kümmern. Es gab Aufträge genug, selbst, wenn sie als Frau eines KZ-lers als Letzte bei der Verteilung der Fuhren zum Zuge kam.

Die Autorinnen und Autoren

Felicitas Reinbacher wurde in Wiesbaden geboren und absolvierte dieses Jahr ihr Abitur am Gymnasium Eltville als Jahrgangsbeste. Allerdings zog es sie schon immer in die künstlerische Richtung. Als Poetry-Slammerin sammelte sie 2021 erste Erfahrungen, als sie mit ihrem Text „Der Trainer“ Siegerin bei den „Frankfurt-Young-Stories“ wurde. Es folgten weitere Veröffentlichungen sowie Reden und Poetry-Slams auf Friedens-Demonstrationen. Seit ihrem dritten Lebensjahr verbringt Felicitas außerdem einen Großteil ihrer Freizeit mit Gesang, Tanz und Schauspiel. Sie hat mehrere Wettbewerbe gewonnen und durfte deshalb als Solistin beim Hessentag in Bensheim sowie im Legoland auftreten und einen Tag mit der Pop-Sängerin Leslie Clio im Tonstudio verbringen. Felicitas ist seit 2021 Mitglied im Ensemble des „Jungen Staatsmusicals Wiesbaden“. Sie wirkte in Produktionen wie „Blues Brothers“, „Flashdance“ und „Chicago“ mit. Ab September wird Felicitas in Salzburg Schauspiel studieren. Damit geht für sie ein Traum in Erfüllung. Ihr Wunsch ist es, durch die Kunst Menschen in andere Welten zu entführen und von ihren Alltagssorgen zu befreien.

Katharina Stegemann wurde 1980 in Stralsund geboren und emigrierte 1988 mit ihrer Familie nach Westdeutschland. Sie studierte Freie Kunst/Malerei und legte 2010 das Zweite Staatsexamen als Studienrätin für Germanistik und Kunst in Münster ab. Mit dem Rucksack bereiste sie 28 Länder und arbeitete zwei Jahre als Lehrerin in Ägypten. Diese Erlebnisse sowie ihre langjährige Arbeit mit geflüchteten Jugendlichen an einem Berufskolleg inspirieren ihre autofiktionalen Texte. Sie lebt mit ihrem Mann und zwei Kindern in Münster.

Ulrike Eggert stammt aus dem Land zwischen den Meeren, später ist sie ausgewandert in den Süden Deutschlands, zwischendrin hat sie fast alle Kontinente bereist. Im realen Leben hat sie heute einen sehr bodenständigen Beruf und lebt mit ihrer Familie bei Heidelberg. Manchmal denkt sie allerdings, dass Schafe züchten in Neuseeland auch eine Alternative wäre. Oder Elefanten hinter den Ohren kratzen, Nashörner am Kinn kraulen, mit Kokospalmen sprechen. Ihre Kurzgeschichte „Raider" hat es ins Finale des Mölltaler Kurzgeschichtenwettbewerbs 2023 geschafft und wurde veröffentlicht.

Daniel Mylow, geboren 1964 in Stuttgart. Nach Aufenthalten in Hannover, Düsseldorf, Willich, Krefeld, Bergisch Gladbach und Berlin Studium der Philosophie, Psychologie und Neuere Deutsche Literatur+Medienwissenschaften in Bonn und Marburg. Studium der Waldorfpädagogik in Kassel. Ausbildung zum Poesiepädagogen in Karlsruhe und Berlin. Nach selbständiger Tätigkeit als Verlagslektor seit 2003 Oberstufenlehrer in Hof, Wernstein und Mainz, ab 2009 in Marburg. Seit 2018 in Überlingen/Bodensee Lehrer für Deutsch, Geschichte, Ethik und Theater. Dort auch Dozent für Literatur und Kreatives Schreiben für die VHS Bodensee. Lebt gemeinsam mit seiner Frau nahe der Schweizer Grenze auf der Halbinsel Höri. Er hat rund 200 Publikationen in Anthologien und Literaturzeitschriften sowie vier Einzeltitel veröffentlicht.

Mayjia Gille, ist in Leipzig, München und Berlin aufgewachsen und hat in München, Berlin und Heidelberg studiert und arbeitet als Künstlerin (Autorin, Schauspielerin, Musikerin „Eisvogel“ , Bildende Künstlerin) und als Sprecherin und Gast-Dozentin u.a. an der Hochschule Hannover. Sie lebt seit 2005 in Leipzig und Finnland.

Ria Ra verfasst seit ihrer Jugend verfasst kurze Geschichten und Gedichte. Während ihres sozialwissenschaftlichen Studiums lag der Fokus auf wissenschaftlichen Texten. Nach dem Studium folgte ein Volontariat, welches sie in die Stiftungskommunikation führte. Im beruflichen Alltag produziert sie Sachtexte, Porträts und setzt sich mit Storytelling und Social Media auseinander. Zusätzlich hat sie eine Leidenschaft für Prosa und Lyrik, die sie in Gedichten und Kurzgeschichten zum Ausdruck bringt und teilweise veröffentlicht.

Tina Schlegel arbeitet als freiberufliche Autorin, Dozentin für Schreiben und Kulturjournalistin. Für die Augsburger Allgemeine und die Rheinische Post schreibt sie über Kunst, Theater und Musik. Im April 2025 erscheint ihr achter Kriminalroman im Emons Verlag. Sie lebt mit ihrer Familie am Niederrhein.

Stefan Ummenhofer wurde 1946 in Villingen im Schwarzwald geboren. Er hat Vermessungstechnik und Geografie in Stuttgart und Tübingen studiert und viele Jahre bei der Internationalen Organisation für Migration (IOM) in Ecuador und Bonn gearbeitet. Nach einiger Zeit als freier Mitarbeiter bei einer Entwicklungshilfeorganisation wurde er geschäftsführender Gesellschafter eines Telekommunikationsunternehmens. Unter dem Pseudonym Stefan M. Voland hat er bereits einen Roman veröffentlicht.